U0463558

炉边独语

李广田散文精选

李广田 著

泰山出版社·济南·

图书在版编目（CIP）数据

李广田散文精选 / 李广田著. -- 济南：泰山出版
社，2024.1

（炉边独语）

ISBN 978-7-5519-0800-9

Ⅰ.①李…　Ⅱ.①李…　Ⅲ.①散文集－中国－现
代　Ⅳ.①I266

中国国家版本馆CIP数据核字（2023）第094806号

LUBIAN DUYU　LIGUANGTIAN SANWEN JINGXUAN

炉边独语：李广田散文精选

责任编辑　程　强
装帧设计　路渊源

出版发行　泰山出版社
　　　社　　址　济南市泺源大街2号　邮编　250014
　　　电　　话　综　合　部（0531）82023579　82022566
　　　　　　　　出版业务部（0531）82025510　82020455
　　　网　　址　www.tscbs.com
　　　电子信箱　tscbs@sohu.com
印　　刷　山东通达印刷有限公司
成品尺寸　150 mm×230 mm　16开
印　　张　14.25
字　　数　175千字
版　　次　2024年1月第1版
印　　次　2024年1月第1次印刷
标准书号　ISBN 978-7-5519-0800-9
定　　价　39.00元

凡　例

一、本书收录了作者的散文经典文章或片段节选，主要展现了作者的学术历程、情感操守，以及当时的时代风貌等。

二、将所选文章改为简体横排，以适应当代的阅读习惯。所选文章尽量依照原作，以保持文章的时代韵味，部分内容参照当下最新的整理成果进行了适当修改。

三、所选文章没有标题或者标题重复的，编辑时另行拟加或改拟。

四、对有些当时惯用的文字，如"的""地""得""作""做""哪""那""吧""罢""化钱""记帐"等，仍多遵照旧用。

目 录

画　廊

"买画去么？"

"买画去。"

"看画去，去么？"

"去。看画去。"

在这样简单的对话里，是交换着多少欢喜的。谁个能不欢喜呢，除非那些终天忙着招待债主的人。年梢岁末，再过几天就是除日了，大小户人家，都按了当地的习惯把家里扫除一过，屋里的蜘蛛网，烂草芥，门后边积了一年的扫地土，都运到各自门口的街道上去了。——如果这几天内你走过这个村子，你一定可以看见家家门口都有一堆黑垃圾。有些懂事人家，便把这堆脏东西倾到肥料坑里去，免得叫行路人踢一脚灰，但大多数人家都不这末办，说是用那样肥料长起来的谷子不结粒，容易出稗。——这样一扫，各屋里都显得空落落的了，尤其是那些老人的卧房里，他们便趁着市集的一天去买些年画，说是要补补墙，闲着时看画也很好玩。

那画廊就位在市集的中间。说是"画廊"，只是这样说着好玩罢了，其实，哪里是什么画廊，也不过村里的一座老庙宇。因为庙里面神位太多的原故，也不知谁个是宾，谁个是主，这大概也是乡下人省事的一种办法，把应该供奉的诸神都聚在一处了。然而这儿有"当庄土地"的一个位子该是无疑的，因为每逢人家有新死人时，便必须到这里来烧些纸钱，照例作那些"接引""送路"等仪式，于是这座庙里就常有些闹鬼的传闻。多少年前，这座庙也许非常富丽，从庙里那口钟上也可知道，——直到现在，它还于每年正腊月时被一个讨饭的瞎子敲着，平素也常被人敲作紧急的警号，有时，发生了什么聚众斗殴或说理道白的事情，也把这钟敲着当作号召。——这口钟算是这一带地方顶大的钟了。据老年人谈，说是多少年前的多少年前，这庙里住过一条大蛇，雷雨天出现，为行路人所见，尾巴在最后一层殿里藏着，中间把身子搭在第二殿，又第三殿，一直伸出大门来，把头探在庙前一个深潭里取饮——那个深潭现在变成一个浅浅的饮马池了。——而每两院之间，都有三方丈的院子，每个院子里还有十几棵三五抱的松柏树，现在呢，当然那样的大蛇已无处藏身，殿宇也只变成围了一周短垣的三间土屋了。近些年来，人们对于神的事情似乎不大关心，这地方也就更变得荒废，连仅存的三间土屋也日渐颓败，说不定，在连绵淫雨天里就会倾倒了下来，颇有神鬼不得安身之虞，院里的草，还时有牛羊去牧放，敬神的人去践踏，屋顶上则荒草三尺，一任其冬枯夏长。门虽设而常关，低垣断处，便是方便之门，不论人畜，要进去亦不过举足之劳耳。平常有市集的日子，这庙前便非常热闹，庙里却依然冷静。只有到将近新年的时候，这座古庙才被惊动一下。自然，门是开着的了，里边外边，都由官中人打扫一过，不知从哪一天起，每天夜里，庙里也点起豆粒般大的长明灯火来。庙门上，照例有人来贴几条黄纸对联，如"一天新雨露，万古老禅林"之类，却似乎每年都借用了来作为这里的写照。然而这个也就最合适不过了，又破烂，又新鲜，多少人整年地不到这里来，这时候也都来瞻仰瞻仰了。每到市集的日子，里边就挂满了年画，买画的人固然来，看画的人也来，既不买，也不看，随便蹭了进来的也很多，庙里很热闹，真好像一个图画展览会的画廊了。

画呢，自然都很合乡下人的脾味，他们在那里拣着，挑着，在那里讲图画中故事，又在那里细琢细磨地讲价钱。小孩子，穿了红红绿绿的衣服，仰着脸看得出神，从这一张看到那一张，他们对于"有余图"或"莲生九子"之类的特别喜欢。老年人呢，都衔了长烟管，天气很冷了，他们像每人擎了一个小小手炉似的，吸着，暖着，烟斗里冒着缕缕的青烟。他们总爱买些"老寿星"，"全家福"，"五谷丰登"，或"仙人对棋"之类。一面看着，也许有一个老者在那里讲起来了，说古时候有一个上山打柴的青年人，因贪看两个老人在石凳上下棋，竟把打柴回家的事完全忘了，一局棋罢，他乃如一梦醒来，从山上回来时，无论如何再也寻不见来路，人世间已几易春秋，树叶子已经黄过几十次又绿过几十次了。讲完了，指着壁上的画，叹息着。也有人在那里讲论戏文，因有大多数画是画了剧中情节，那讲着的人自然是一个爱剧又懂剧的，不知不觉间你会听到他哼哼起来了，哼哼着唱起剧文来，再没有比这个更能给人以和平之感的了。是的，和平之感，你会听到好些人在那里低低地哼着，低低地，像一群蜜蜂，像使人做梦的魔术咒语。人们在那里不相拥挤，不吵闹，一切都从容，闲静，叫人想到些舒服事情。就这样，从太阳高升时起，一直到日头打斜时止，不断地有赶集人到这座破庙来，从这里带着微笑，拿了年画去。

"老伯伯，买了年画来？"

"是啊，你没买？——补补空墙，闲时候看画也很好玩呢。"

"'五谷丰登'几文钱？"

"要价四百四，还价二百就卖了。"

在归途中，常听到负了两肩年货的赶集人这样问答。

（选自商务印书馆1936年版《画廊集》）

种菜将军

去年秋天，不知为什么我又回到故乡去了。刚到家，便看见父亲匆匆忙忙是正要出门的样子，老脸上一副愁容，颇使我无端地有点担心起来。问父亲要到哪儿去呢，只说"要去给伏波穆将军送丧"，并不再问及我的行止，就沉默着独自出门了。

"伏波将军真可以算是无福的人了，"父亲去后，家里人们这样说，"如死在当年，真不知要有怎样热闹的殡仪呢。"不曾得到死耗，却只由传闻而知道今天是将军的殡期，从将军咽气时起，到今天才有两日，据说，是打算于不声不响中把将军送到祖遗的墓田去。"显赫一时，也终于如此完了。"说话人带着叹息。

伏波将军的生平我知道得不甚详细。但从最初的记忆起，就知道是一个极忠厚，极勇敢的军人，称作"将军"，也不知怎样缘起，自始至终，也不过一个乡间的民团团长而已。自己十几岁时，住在乡间，是常常见到将军的，那时候，大概也就是将军最负盛名的时代。将军的营寨，距我们的村子不远，夏秋两季，青纱帐起，正是巡防时候，常于傍晚，听到军号声从野外响来，于是有多少村中男女，都推下饭碗而出来站街一望。将军骑一匹青骢大马——其实，这时候已经是下马而步行了：这个乃赢得了乡下人的好言谈，说是做了高贵的显官儿，还要下马过庄，真是罕见罕闻的事，于是又有人更进一步说，距村子还有半里之遥，将军就脱帽下马了。

事实是这样的，无论将军是着了长绸衫，大草帽，或着了满饰金章的军服，与军帽，只要经过一个村落，就一定可以看见他的又圆又亮，而又满面红光的大脑袋。那面色红得可爱，人会说那就是他的福气之所在。一对眼睛，也许嫌小的，不甚威武，然而那里却满含着和气的光彩。只要有人——不论什末人，村长地保之类自不待言，就连荷篠牵牛者流也是同然，——同他一招呼，就可以看见那一颗大头颅向路旁点了又点，一朵微笑早已挂在嘴边，丝毫也不带做作的意思。也许又从什末地方捉来盗匪了，也许又从那儿牵来赌徒了，也许只是各处走走，随便走走，也就可以镇压四方了。真的，谁还不晓得"神枪穆爷"呢。"神枪"这绰号响遍江湖，一般走黑道人听了都怕，不但怕，且也敬服。一手两把匣枪，曾只身探过匪窟，三十个不能靠前，却被他击毙十数。曾杀过多少，也放过多少了，总说是在他手下不许有一个屈死的灵魂。

乡下人也总喜欢讲这些，总爱把伏波将军的为人当故事来讲论。讲伏波将军的前代，他的祖父，父亲，都曾作过显达的武官。讲伏波将军当年怎样在自己家里练习枪法，用一只煤油筒拴在高高的树顶上，每早要射击十把。讲伏波将军怎样慷慨好义，除却官兵之外，食客养到百八十之众。讲伏波将军在作战时怎样受神的护持，连风雨雷霆都作将军的助手。于是又有人讲，伏波穆将军就是三国关公的后身。乡下人最爱谈论的，恐怕还是将军家里的阔绰吧，好像他们都很熟悉将军家里的一切。将军家里有两辆轿车，三辆大车，一辆马车，另外还有三乘轿子。拉车的好马十二匹，骑马八匹，这些马又都有很好的名色，譬如有一匹叫做"乌骓"，有一匹叫做"黄骠"，似乎还有一匹叫做什末"下海龙"……此外呢，还有一头顶好的黑毛驴，名字好像是"草上飞"之类，是专为了传递来往信息的。有时候，这些车辆马匹会全体出动，譬如有什末盛会，看社戏，赶香火，或是到县城里去给县长拜寿。自然了，这一行都是将军的眷属，大太太，二太太，三太太，她们坐轿子，而每人又各带一个侍女，大少爷，二少爷，三少爷等，他们有的坐马车，有的坐轿车。此外呢，当然还有十几个随从，几十个卫兵。这一行列是很值得一看的，乡下人就是喜欢这个，乡下人就是顶佩服这个。乡下人不谈别的，只会说将军有"命"，这一切都是将军的功劳给赚的。

多少年来，我不曾回到故乡去，此后的伏波将军，我也就更不清楚了。模模糊糊地，似乎还听说过，将军的大少爷到一个都市里入大学去了，并听说这位少爷不但不知道读书，且十足的浪荡无赖。嗣后，又听说将军的军队被裁撤了，家道也渐渐衰落了下来。从前的朋党也渐渐散去，与日俱增的，却是些狭路仇雠。自然，将军在当年恐难免得罪过多少宵小，趁时报复，也是一般的情理中事。一直到了三四年前的一个春日，我才又在一次十分意外的机缘里遇到了晚年的将军。

是那一次初到家的第三天吧，要去看一个多年不见的老朋友。骑一头小毛驴。伴一个老驴夫，自然，驴夫是自己家乡人。出来自己村子十余里，便一直缘河堤东去。这些地方，都是旧经行处，虽然老屋已换了新屋，老树也代替上了新树，但依然是那一带长堤，一堤青草，两行翠拂人首的官柳，又何况是微风细雨时候，是的，我忘不了那天的微风细雨，再一面看隐约的河水，一面看烟雨中的村落，都不免使我重有眷顾之情，觉得这真是一个久别，一个新归，这里的人们已经经过了多少沧桑呢，颇有些暗自惊心了。我同驴夫都不做声，只听见驴蹄在软泥道上跎跎作响，我们走过了龙王庙，又走过了梯子坝。走过这坝，便是正对着杨叶村的杨叶渡了。忽然，我被一个似曾相识的面孔给怔住了。"我认识他"，心里这样想。"但那一定不是他"，即又这样自驳了。无疑地，那是一个五十来岁的种菜人，戴一顶团团大苇笠，穿一身蓝布短裤褂，赤着双脚，拿一把长铲倚在一个菜园口的树下，呆着，休息着，也许是正在那儿看雨吧。那一副面孔，毕竟不是我记忆中的那一个，只是，不知在那一点上的相同而使我这样回忆着罢了。也许老驴夫已看出了我的惊异，这一次就轮着他来开口了：

"怎么，你难道就不认识这个人了吗？"

"是啊，认识倒不敢说，只是有些面熟。那么你呢？"

"我吗，我倒认识他，可惜他不认识我，这不就是当年的伏波穆将军吗。"

说这话时，我们已走过菜园数十武之远了。他的回答虽然证实了我的记忆之不错，然而也更增加了我的惊异了。详细问过驴夫，才知道伏波将军自从下马之后，就自己检起了那件生意，仗着自己身子壮实，还能够谋生有余，且足以自娱天年。所谓菜园，其实也就无异于一座花园，园里边花和菜几乎各占了一半。

雇一个壮年园丁，拧辘辘，推菜车，自己则做些零星生活。养一条小狗守夜，养一群母鸡下蛋，养一只百灵鸟儿叫着好玩。这样，那位种菜将军也就很够自己享受的了。至于当年的事情呢，很少有人同他谈。偶尔谈起来，他只是冷笑着说"远年了，都已忘怀了"。家产当然谈不到，人呢，也都物化星散。大太太死了，两个姨太太都随人改嫁。大少爷曾说是就要出官了，就要出官了，到底官不曾出，到现在连一点消息也不见。两个小少爷是于将军下马之后不久就被匪掳去，至今也没个下落。家里的东西只要可以变卖的都已变卖，只有几套老房子还站在那儿——在杨叶村，似乎是为了当年的繁华在支撑着门面。而所谓将军的"家"者，也就是这亲手经营的几亩菜园了。

这就是我所知道的伏波将军。此外呢，便是将军死后的情形了，那是父亲送殡归来后告诉的。事情很简单，一口杨木棺就结束一切了。没有送葬人，除却几个世交旧友，更没有什末仪仗，除却有好事者给写了一幅纸旌，旌上大书特书曰："××省××县××团团长伏波穆将军。"

（选自商务印书馆1936年版《画廊集》）

秋　雨

秋天。

雨，凄淋淋地下着。天气更变得冷了，给人一种压迫，使人有着蜷缩不安的感觉。

他，一个中年男子，坐在一间小屋子里做梦，已是下午三点钟的样子了，雨下得正匀。他望着窗外一棵不知名的落叶树，是的，是落叶树，他现在就看见许多青黄斑驳的叶子正在摇落，他莫知所以地发起呆来了。窗外的天空，雨丝，对窗可以看见的瓦屋顶，共渲染成一片灰色。这灰色使他不安，他不知如何处置他自己的情感。

多年做惯的一个动作，又在起始着了：

一个神秘的抽屉，神秘的，这在他自己也这样想，被打开了。抽屉上挂一把大锁，他还记得这把锁的来历，他记得当初是因为什末才买了这样一把锁，到了现在，这样一件笨重东西也许已没有什末必要了吧，然而它依旧在那里挂着，仿佛这个乃关住了一抽屉神秘。每当阴雨天，尤其秋日，这抽屉便常有被打开的机会。然而每当打开来时，这抽屉的主人便难免现出生怯样子，生怯的手，停在抽屉口上，生怯的眼睛则每每停在另一个方向，譬如外面的天空，灰屋顶，或屋里的一个角落。"我要干些什末呢？"他会这末想，这末想时，他的手会立时松了下来，眼睛也是一样。他以一种非常疲倦神气，向靠背椅上一仰，似乎连一声长息也被禁住了的样子，一任沉默。这样，沉默下去，他会沉默了很久，直到他发觉这样子做梦也是无益时，才会改换了另一种举动。

他对于那个抽屉里的内容很熟悉。他会把它们像数自己手指一样数得清，他又会闭起眼睛认出它们每一种颜色，是的，这是些有着各样颜色的东西，就像那些物主一样，有着各样的脸色，快乐的红润，或忧郁的苍白，而最使他不易忘掉的，还是那个最喜欢用天蓝色的，什末都爱天蓝的，有着天蓝色眼睛的那一个吧，想起这个时，也许会有微微的笑意浮在他脸上，不，不是脸上，只不过在他枯瘦的唇上罢了，然而他立刻会感到不对，于是一丝微笑又像极轻的一点晨烟似地，轻轻逝去了。他乃如一个衰老的将军，不敢去，也不忍去，触摸他当年的甲胄，与长剑，他要避开那些，因为他不愿再去惊动自己，虽然他对那些还怀着好想念，而他也懒于惊动那些，因为他实已没有那末多勇气了。他停着，停了很久，他听到外面的雨还在淅沥，雨丝，天空，对面的屋瓦，为更浓的灰色所蒙蔽。他依然没有方法来处理他自己，他拿他自己当作另外一个人，譬如一个老年的朋友，来安慰，来鼓励，然而一切都无益。他很顽固，像一个不懂事的孩子，他不听任何劝导，与爱抚。他不愿意，也不能，解开自己的重围，就如他没有方法来对付这个雨淋淋的秋日。他知道他必须改换一种举动，他必须干一件什末事情，——他从抽屉里抽出了一打白纸。这些纸都很白，很坚，很宽大，又很细致，他还记得这些东西是多少年前的一个什末天气里得到的。他也知道这些纸的命运，这是应当满载了动听的言语，也许有一些美丽的故事，或一些破碎的诗句，而如今却是空白，余下来的都是空白，毫无所有，也正如保存了这些白纸的他自己。

他把白纸铺在案上，在灰暗中，在寂静里，一方白纸像一团雾。他乃在一团雾前逡巡，又逡巡，想找出一条迷失了的道路。他拿起一支笔，是的，一支笔，这也是一种习惯的动作，他知道他是要把什末写出。在过去，在雨天，尤其秋日，他常是爱写，一个人伏在案上写下去，写了很久，很久，写过许多好听的名字，写过自己也想不到的那末多那末美的言语，那时候他真正饶舌，饶舌得出奇，老有话说不清楚。现在呢，现在他又微感到一种激动，像春风，吹解冻的湖水。他还会忆起那种快慰，那确是一种快慰，可是现在这种快慰再回味起来时，就未免太薄弱，太匆促，他不能把握住一点，他不能再温习那些旧课了。他拿笔在白纸的一角上摇幌，摇幌，也只是摇幌着了。

他的笔已不再摇幌了，他静止着，他忽然又动了一下：

"秋雨……冷落的街道……玛利好孩子……打一把绿色的油纸遮儿……"

同时，他的笔也放下了，他不能再想下去，他知道他现在不应当再写这些了。他看见一个好看的面孔，但那面孔并不理他，不等他重认一下，逃走了。他有些惘然，然而他又觉得很糊涂。他好像有点生气，有点羞，他觉得又受了侮辱，受了屈。

屋子里很静，外面是凄淋淋的雨。

现在他反而安静下来了，他觉得他没有什末可干的事，他乃如一个旅行人，他已经走得很累，他只好放下行李来休息着了。

"冷落的街道……"是的，他可要到冷落的街道去吗？这句话说到太轻，轻到连他自己也不曾听清，他依然仰在他的靠背椅里。他等待，等待些什末呢，不知道。天就要晴了起来吗？他曾经这样想过，但是他也不再这样想了。比起等待天晴来，他倒是更等待着黑夜，也许他希望天阴得更沉，雨也下得更久，更久。

（选自商务印书馆1936年版《画廊集》）

记问渠君

济南北园，是我的旧游之地。这次因为北京地方有不能再住下去的样子，便暂行逃来这里安顿。山光水色，都无改于昔日的潇洒清佳风韵，然而，旧地重来，已是十年之后了。

那时候，大概是刚从乡下来到省城的缘故，总觉得一切都新鲜有趣，直到现在，当年所得的印象还都保持得非常清楚。譬如，在校内有一棵很大的垂柳，几乎给庭院搭了整个的凉篷，每当风清月白时，那位学佛的先生便约了同学们在那里谈天，先生是喜欢禅宗的，便常谈起那些硕德积慧大和尚的行径。又如，同学中有一位牟君，他的马褂，长几及膝，袖子却短到不能遮拦腕肘，黑皂布帽上钉一朵鲜红的缨儿，那一切铺排不一定觉得好看，却也别具风趣，现在尚听人说，这个人还漂流到海外去了。还有，一个因为头上留下秃疤记号而早蓄了长发的孙君，一个因身上有不良气味而常以花露水洗澡的左某，等等，都还记得。而其中使我记得最清楚的，就是问渠君了。

在操场的北面，是一列带着稚气洋槐的丛林（现在，都已蔚为乔木了），东面，是一条清浅的小河，其他方面，多是荷塘与菜圃，从东海之滨直达到济南的一条铁路，在学校的北面经过，相距只约半里。我喜欢这地方。每至黄昏，或夜已苍茫的时候，尤爱独自在那一列洋槐丛下，享受一个寂静的黄昏。大概是一个秋的晚间吧，记得洋槐的叶子已渐为霜露染黄，微风掠过树杪木末时，便常有得秋独早的病叶离枝落地，我一个人正在那里低头闲步。忽然，被某种声息所惊动：是风吹的落叶声吗，还是什末人在叹息？抬起头时，却正被我窥见，在一丛树后，有一个白的影子。如不是那影子先向我问了一声"谁？"我大概是要急觅归路的了。

"啊，问渠君吗？"

"啊，原来是你。"他走近来，回答。

"你倒使我有点儿怕呢。"

他沉默了，我也沉默。在沉默中，我们听到远远的火车压着地面奔来了，他仿佛微抖着。不知怎的，火车的声音，虽在静夜，我们听来也不觉震耳，倒觉得是一件很自然的事，对于夜，对于我们，都无妨于一个整个的和谐。火车驶过后，声音渐远渐低，渐渐地静了下去，地面与空气也似乎静止了。问渠君，却低低地叹了一口气，且说："听了火车的汽笛，令人颇怀念起自己的家乡呢。"

问渠君是从泰山那里来的，他的家，就坐落在车站的附近，听了火车的汽笛而动乡愁，也正是年青人当然的情形，何况又是初初离乡背井，跑到这极生疏的省城来。至于我呢，家乡不适于我回忆，当他说到汽笛时，我似乎正想起黄河那一汪浑浊水面的白帆！

为了这个人的神气，被我已看出了八分，很自然地，我们把话题引到了关于家乡的事情上去。他说，在这里，青菜的和肥料的气息——这在秋的晚间更有着特别的气味了，——使他忆起他的家乡的气息来了，他的故乡是产麻地，这时候，到处都是麻的气息，野外的，家里的，埋在泥潭里的，剥在场上的，而且那气息也并不讨厌，此刻想来，倒是很可怀念的哩。只是乡里的人们太可恶了，他们尽欺侮人，偷人。"他们每年偷我的麻，"他愤慨地说，"也偷我别的庄稼；他们尽欺侮我，因为我家里没有人。"

言下又是一阵沉默。冷然地一阵风来，掠过树林，吹得树叶子刷刷作响，菜园子里有一匹寂寞的蟋蟀振翅，在小河的下游，则似乎还有浣衣人蹲在流水旁石条上用木杵捣衣，那杵声听来忽远忽近。我心想："一切皆有了秋意，砧杵声也仿佛冷了些。"

从以后的谈话里，我才知道问渠君家中是只有着母亲和妻子，一个小女孩则已于年前夭折了。一家三口，守着父亲遗留下来的一点薄产，就像晚秋的几只叶子守着枯枝，抱着恓惶不安的心情，只担心有人事的西风的来摧残。他在家乡时一切已如此，何况远离了家乡？母亲到了能够为儿子把媳妇娶来，自己自然也是将近老年了。"我的老婆，"他，又讷讷地说，"我的老婆是一个悍妇，她欺侮我，也欺侮我的母亲。"我听他的声音好像是呜咽着了，只好默默地听着，并不插入一句话。他又继续着说了下去；他说，他本来还有一个姐姐的，但因为他的老婆的泼悍，自从出嫁之后，就很少归宁过。又说，他的老婆也一有机会就偷他，且败坏他的名誉，嫌恶他丑陋，尽同他斗气。

诚然，问渠君并不是漂亮人，甚至，也可以说是有点丑陋。衣服的污秽，不整齐，也是有目共睹的。但人们都乐意同他接近，都喜欢同他说笑，只是在说笑中间带一点玩笑罢了。譬如，学校中是作兴闹各样称呼增加同学间友仇，表示同学间爱憎的，"黑奴"的绰号便常加在他头上，而他也就恬然地接受了。又在某次全校同学的茶话会上，问渠君在恶作剧情形中竟当选了本校代表，因此大家议决，请代表为他们说黑奴的故事。在一阵鼓掌声中，他登台了。"我是刚从南洋来的，"他这么说，大家都满意地笑了，但问渠君脸上却已汗流如雨，不断地用满把手去揩着。"我要讲一讲南洋黑奴的故事。"大家又哄堂大笑，问渠君从讲台上慌忙地跳下来时，他已是用自己的汗水洗过一次脸了。嗣后，也有人呼他作"林黛下"的，原因就是据说问渠君总爱一个人躲在屋里哭，究竟为了什末而哭，大家是很少知道的。不过，这些都无妨于问渠君之被人"尊重"，因为问渠君实有一副良好的心肠，而且也不缺少相当的聪慧。譬如在功课上，他是比任何人都能脚踏实地努力作去的。当数学教员叫他到黑板上去作几何题时，虽然因为他永不能画出一个较圆的圈或一条较直的线而被笑（他的手有点像鸡爪），而在课堂下边，却有大多数的同学必须去借他的算草来照抄。"林姑娘作得不错"，或，"Negro的意见常是对的"，这类的话是常在同学中听到的。诚然，问渠君的意见是对的，怕没有人能比我更尊重问渠君的意见的了。他不常发表他的意见，因为他有点口讷。他说话很慢，说话的样子有点笨，又常是露出满嘴的黄牙来，而他的眼睛好像是白的部分太多，太多了，每给人以不快之感。他常说出人家所不能说的话来，他的意见时常不和人家的雷同，因此，他的意见不被人家嘲笑也就被人家忽略。他曾对我说起过他关于艺术的意

见，关于科学的意见，甚至关于革命的意见。他取得了我的敬
重。直到如今，然而，直到如今，我也更觉得他是一个可哀的
人了。

我们的一班，是后期师范的第一班（简称后一），到了第二
年，一个特别的名字加到我们的班上来了，叫做什么"红色的后
一"，一时之间颇呈一个紧张的局面。当然喽，问渠君的意见常
是对的，未常先人，而常随人。他也是红色中之一员，虽然当他
签名的时候，据说他的手战抖得非常厉害。

"红色的后一"这一班青年，于世爱憎究竟作了有多少事，
有了些什么计划还值得一说？提起来是使人忧郁的。日子一过
去，时间在长育我们，同时也在训练我们，我们散了，沉默了；
到如今，所留下的也就只是那么一个名字了。

到了民国十七年，国民党的革命在南方得了稳固的基础，国
民革命算是成功了，军队向北推移到了山东后，却又因为五三事
件的发生而把一个"革命政府"搬到了泰安。那里的泰山是并不
因此失去它的庄严的，而济南佛山明湖，却变了颜色。我则因为
某种不幸跑到故乡去。后来，听说临时省府所在地的新贵之中，
还有些旧相识，便跑到那儿去看看熟人，趁此也看看那方面的一
切光景。知道是来到问渠君的故乡了，便有了访旧谈心的意思。
当我向人们问起同学问渠君的消息时，得到些使我非常惊愕的
消息。

"问渠君，你还不曾知道吗？"

"是的，不知道。"

"他是你的老朋友，是不是？"

"是的。"

"这个人，他早已离开我们这个世界，到另外一个世界去了！"

明白了人已当真死了，问是什末原因呢，他们却又向我提起了"红色的后一"。这个题目同他的死大有关系。并说，他早已是个有病的人，自从国民党的军队来到之后，眼看到多少年青人在那里卖朋友自首，他担心他也会被什么人指认，加以检举，病势就更重了些。后来，这人便消灭了，被人用一个木盒子装好埋葬了。没有人能知道他死时的情形，只知道他确已不在罢了，据传说，则都以为他是被吓死的。

我不能再作详细探听，默默地向人们辞别了。熟人说："没有人能知道他死时的情形。"这人活着的情形不是也很少为人知道吗？然而我却总爱想像，总想出他的死是一个悲惨的死。他受着邻人的欺侮，受着妻子的嫌恶，病了，病在一张极污秽的床上，而且死在一个恐怖中，剩下一个被人欺侮的母亲，也已是残年了。当夜，我住在泰山山腰一座古庙里，大概是大雨之后吧，山里的泉水，万马奔腾的向下驰去，发出吓人的声响，又加以松风呼啸，自己就像在海涛中夜行，草间萤火明灭，时有虫声如诉，这时候，我又想起问渠君那一副可悲悯的样子来了。我好像看见他，穿了他平素所穿的一身肮脏衣服，卧在床上，带着有恐怖的神色，四肢硬僵僵的，尽人抬入白木棺材里去。又想，问渠君的墓上大概已是荒草披覆了，不见问渠，如能到他的墓上看看，也许可以安心。但为了另一件事，我却不能不于次日便离开了这临时的省城。此后，听说同班中又有几人死去，他们也常被我忆起，但总不如忆起问渠君时那末亲切，那末一个怀念和怜惜。

今次重来北园，颇过了些悠闲日子。在铁路上跑跑，看看远山近水，或到母校里走走，认出一些往日的痕迹，尤其当我走在那一列洋槐的荫下时，总想起我的亡友问渠君来。住在一处的有位严君，——同在北园读书时，他是小学部的小同学，现在已是大学三年级的学员了，——我把问渠君的事情告诉他，他说，他也曾注意过这人，并说，问渠君那相貌就特别引人注意。

（选自商务印书馆1936年版《画廊集》）

野　店

太阳下山了，又是一日之程，步行人，也觉得有点疲劳了。

你走进一个荒僻的小村落，——这村落对你很生疏，然而又好像很熟悉，因为你走过许多这样的小村落了。看看有些人家的大门已经闭起，有些也许还在半掩，有几个人正迈着沉重的脚步回家，后面跟随着狗或牛羊，有的女人正站在门口张望，或用了柔缓的声音在招呼谁来晚餐，也许，又听到几处闭门声响了，"如果能到那家的门里去息下呀，"这时候你会这样想吧。但走不多远，你便会发见一座小店待在路旁，或十字路口，虽然明早还须赶路，而当晚你总能作得好梦了。"荒村雨露眠宜早，野店风霜起要迟"，这样的对联，会发现在一座宽大而破陋的店门上，有意无意地，总会叫旅人感到心暖吧。在这儿你会受到殷勤的招待，你会遇到一对很朴野，很温良的店主夫妇，他们的颜色和语气，会使你发生回到了老家的感觉。但有时，你也会遇着一个刁狡的村少他会告诉你到前面的村镇还有多远，而实在并不那末远，他也会向你讨多少脚驴钱，而实在也并不值那末多，然而，他的刁狡，你也许并未看出刁狡得讨厌，他们也只是有点拙笨罢了。什末又不是拙笨的呢。一个青生铁的洗脸盆，像一口锅，那会是用过几世的了，一把黑泥的宜兴茶壶，尽够一个人喝半天，也许有人会说是非常古雅呢。饭菜呢，则只在分量上打算，"总得够吃，千里有缘的，无论如何，总不能亏心哪"，店主人会对了每个客人这样说。

在这样地方，你是很少感到寂寞的。因为既已疲劳了，你需要休息，不然，也总有些伙伴谈天儿。"四海之内皆兄弟呀，"你会听到有人这样大声笑着，喊。"啊，你不是从山北的下洼来的吗？那也就算是邻舍人了。"常听到这样的招呼。从山里来卖山果的，渡了河来卖鱼的，推车的，挑担子的，卖皮鞭的，卖泥人的，"拿破绳子换洋火的"……也许还有一个老学究先生，现在却做着走方郎中了，这些人，都会偶然地成为一家了。他们总能说慷慨义气话，总是那样亲切而温厚地相招应。他们都很重视这些机缘，总以为这也有神的意思，说不定是为了将来的什末大患难，或什末大前程，而才先有了这样一夕呢。如果是在冬天，便会有大方的店主人抱了松枝或干柴来给煨火，这只算主人的款待，并不另取火钱。在和平与温暖中，于是一伙陌路人都来拱火而话家常了。

直到现在，虽然交通是比较便利了，但像这样的僻野地方，依然少有人知道所谓报纸新闻之类的东西。但这些地方也并非全无新闻，那就专靠这些挑担推车的人们了。他们走过了多少地方，他们同许多异地人相遇，一到了这样场合，便都争先恐后地倾吐他们所见所闻的一切。某个村子里出了什末人命盗案了，或是某个县城里正在哄传着一件什末阴谋的谣言，以及各地的货物行情等，他们都很熟悉。这类新闻，一经在这小店里谈论之后，一到天明，也就会传遍了全村，也许又有许多街头人在那儿议论纷纭,借题发挥起来呢。说是新闻,其实也并不全新,也许已是多少年前的故事了,传说过多少次,忘了,又提起来了,鬼怪的,狐仙的,吊颈女人的,马贩子的艳遇,尼姑的犯规……都重在这里开演了。有的人又要唱一只山歌,唱一阵南腔北调了。他们有时也谈些国家大事,譬如战争灾异之类,然而这也只是些故事,像讲《封神演义》那样子讲讲罢了。火熄了,店主东早已去了,有些人也已经打了合铺,睡了,也许还有两个人正谈得很密切。譬如有两个比较年轻人,这时候他们之中的一个也许会告诉,说是因为在故乡曾犯了什末不可饶恕的大罪过,他逃出来了,逃了这么远,几百里,几千里还不知道,而且也逃出了这多年了;"我呢……"另一个也许说,"——我是为了要追寻一个潜逃了的老婆,为了她,我便作了这小小生意了。"他们也许会谈了很久,谈了整夜,而且竟订下了很好的交情。"鸡声茅店月,人迹板桥霜",窗上发白,街上已经有人在走动着了,水筒的声音,辘轳的声音,仿佛是很远,很远,已经又到了赶路的时候了。

呼唤声,呵欠声,马蹄声……这时候忙乱的又是店主人。他又要向每个客人打招呼,问每个客人:盘费可还足吗?不曾丢掉了什么东西吗?如不是急于赶路,真应当用了早餐再走呢,等等。于是一伙路人,又各自拾起了各人的路,各向不同的方向跋涉去了,"几时再见呢?""谁知道?一切都没准儿呢。"有人这样说。也许还有人多谈几句,也许还听到几声叹息,也许说:我们这些浪荡货,一夕相聚又散了,散了,永不再见了,话谈得真投心,真投心呢。

真是的，在这些场合中，纵然一个老江湖，也不能不有些惘然之情吧。更有趣的在这样野店的土墙上，偶尔你也会读到用小刀或瓦砾写下来的句子，如某县某村某人在此一宿之类，有时，也会读到些诗样的韵语，虽然都鄙俚不堪，而这些陌路人在一个偶然的机遇里，陌路的相遇又相知，他们一时高兴了，忘情一切了，或是想起一切了，便会毫不计较地把真情流露了出来，于是你就会更感到一种特别的人间味。就如古人所歌咏的。

　　　　君乘车，我戴笠，

　　　　他日相逢下车揖。

　　　　君担簦，我跨马，

　　　　他日相逢为君下。

　　——这样的歌子，大概也是在这样的情形下产生的吧。

（选自商务印书馆1936年版《画廊集》）

枣

"俺吃枣。"傻子这样说。

他这样说过多少次了，对爸爸说，对妈妈说，但爸妈都不理他。他依旧是悄然地，微笑着，肩起粪篮出门去了。

名叫傻子，他自己知道。但现在有多大岁数了呢？却连傻子自己也不知道。傻子的爸妈说，"今年傻子十五岁了"，于是人家也说，"今年傻子十五岁了"。但这数目，也会被人家怀疑，人们时常地谈到这个。傻子的爸妈都是将近暮年的人了，他们几乎没有一刻不把自己身后的事放在心上。没有儿子时，盼儿子；儿子有了，却是这么一个！他们知道这原是他们的造化，十几年来，他们就被"造化"两个字安慰着。现在，他们惟一的希望就是给傻子提门亲事，而且愈早愈好，他们希望能在他们的晚年见到孙孙，他们把一切的希望都放在遥远的孙孙身上了。几亩薄田，几间土屋，以及锄耙绳索之属，都应有所寄托。这有谁能知道呢，也许傻子还有点天分，命运既能给人以不幸，命运也会给人以幸福。为要早给傻子找得女人，于是说，"傻子今年十五岁了"。虽然说是十五岁了，却依然没有谁家的女儿肯跟傻子。傻子的爸妈很悲哀。

傻子的日常生活是拾粪，清早起来，便肩了粪篮出门。他

沿着村子的大路走去，凡村子附近的道路他都熟悉。当看见道上
有牲畜的遗粪时，他知道用粪锸把粪拾到粪篮里，然后又走道。
不管早晚，只要肚里觉得饿了，就回到家里"要吃的"，夜了，
便回到家里安息。不知怎地，这一天他却忽然想到要吃枣了。枣
是甜的，他知道。他吃过枣。但他愿意吃更多的枣，他愿意得到
更多的枣。他更愿意看见垂挂在树上的枣。"俺吃枣。"屡次地
对爸妈这样说了而不被理会，这恐怕也是当然的事情罢。傻子的
爸妈听了这样莫明其妙的话，只会感到厌烦，甚至这类的话听惯
了，便会听而不闻。

　　傻子出门带一副笑脸。他常爱把一个笑脸送给过路人，送给
驴子，并送给驴粪。现在，他一出门却又把一个笑脸送给了暮秋
的长天，并送给了苍黄凋敝的木叶。在路上，他遇见了绿衣的邮
差，他微笑着说，"俺吃枣"。遇着肩了大柳条筐的打柴人，他
又微笑着说，"俺吃枣"。邮差和打柴人都不睬他，过去了。他
又遇到些相熟的邻人，他同样地向他们说了，他们却只回赠他一
个微笑。本地的孩子们是总爱同他嬉闹的，只要相遇，便不免有
一番恶剧。孩子们对他说："什末？你要吃枣（早）吗？天不早
了，你吃晚罢。"于是傻子微笑。孩子中的一个又说："傻子，
叫我爸爸。"于是傻子叫爸爸。另一个说："叫姑爷。"于是傻
子叫姑爷。傻子悄然地独自走开了，他们又把沙土扬在他身上，
把土块掷在他头上。傻子急急忙忙地逃开去，还是微笑着。

　　傻子近来变得有点特别，他拾不到多少粪，却走了很不少的
道。他肩了空粪篮，在各个村子里逡巡着，在各条大道小道上徘
徊着。他像在寻求着什末似地，常是睁了大眼睛，默然地闯入了

人家的园林，或是笔立着，呆望着碧澄的天空。他简直像一个梦游者似地在各处漂荡着。有一次，他竟荡到黄河的岸上去了。他喜欢，他知道横在他面前的是黄河。他把一个笑脸送给了黄河。晚秋的黄河是并不十分险恶的，但水面的辽阔，也还同盛夏时一样，几乎一眼望不清隔岸。浊浪澎湃，像有成群结队的怪兽在水面舞蹈，且怒吼着。河边上很冷清，没有过河人，也没有行路人。他喜欢极了。他把粪篮丢在一边，倚了粪锸作杖，呆呆地站着向隔岸眺望。"几时这些黄汤能停了下来呢？"他许在这样想罢，傻子在望洋兴叹了。

就在不久以前，傻子在路上曾遇到过三个卖枣的小商贩。他们的枣快要卖妥了，在路上停下来休息，准备着当天要渡河回家。这时候，傻子肩了粪篮走来了。他看见三个陌生人正在那儿吃枣子，他也停住了脚步，并把一个微笑送给了三个陌生人。三个人中的一人说："请坐，请坐。"傻子只是微笑地站着。三个人中的另一个又说，"请吃枣，请吃枣"。说着，把一把枣子递给他，傻子就伸了两手把枣子接过。不多会，他默默地把枣子吃光了，于是又微笑着向三个陌生人说："俺还吃枣。"因为他们已经看出站在他们面前的是什末人了的缘故，其中的一个便嬉谑地说："好哪，你想吃更多的枣子吗？那末就跟了我们来罢。我们河北的枣子真好，口头甜得很啦。我们河北遍地是枣树，满树卜垂挂着红枣子，满地上落下了红枣子，真地，让你尽吃也吃不净啦。"话还不曾说完，他们都不约而同地站了起来，重整了手车和担子，顺着大路走去了，其中的一人却又回头来招呼着说："来罢，同我们到河北去吃枣子罢。"

现在，傻子是居然站在黄河的岸上了。他很快乐。他把更多的微笑送给黄河。他在试量着渡过这黄河。试量着，只是试量着罢了，他并不曾向前更进一步。黄河里的怪兽尽恐吓他，并怒吼着："不——许——过，不——许——过。"他又悄然地走开了。

暮秋时节，就像落日的沉入黑暗一样，很匆促地，就转到冬季的阴暗里去了。这期间，傻子还是照常地出门，照常地肩了粪篮在野道上彷徨。自然，傻子的爸妈是疼爱傻子的，不但早给他穿上了一身蓝土布的棉袄棉裤，而且有时还这样说了："天气太冷啦，傻子也不要再出门去了罢。"冬天来，是乡里人们闲散的日子，趁此央托亲戚邻舍们给傻子提门亲事，或是招个童养媳之类的念头，傻子的爸妈都曾经有过，因此，也更不愿再让傻子冒了冷风在外面跑了。但傻子自己是顾不到这些的，他照例还是出门去，无论什末天气，照例还是肩了粪篮在野道上走着。

又是一个冷风的日子，傻子出门去了，但出人意外地，傻子竟整天不曾归来。已经入夜了，依然不见归来。傻子的爸妈有点忧虑了。傻子的妈妈坐在菜油灯下等得很不耐烦，风敲着门板，风摇着窗格，总以为是傻子回来了，她对傻子的爸爸说："傻子在暗夜里不知被北风刮成什末样子了。"傻子的爸爸却沉着脸，一言不发地兀自走到了街上。街上很荒凉，只有冷风扫着灰土和枯叶。他毫不犹豫地又走向了旷野，于是在对面不见人的黑暗中，随了北风的怒吼，一个老人像饿狼哀号似地呼喊起来了。

次日清晨，天气更冷些，傻子的爸爸还在找傻子。他向各村里去访问，他向各路上去寻觅，他竟找到黄河的岸上去了。河面上已结了厚厚一层冰，只在河道的中流，隐隐约约似还看得出有明水在流着。傻子的爸爸沿着河边走去，最后，他终于找到了：一个空粪篮，和一把铁粪锸，它们都斜卧在河岸上，静静地，似在等待过路人走来检拾。

（选自商务印书馆1936年版《画廊集》）

投荒者

哥哥从小便生得瘦弱。有一只眼睛是斜着的，这眼睛也生得特别细小，因此看东西时，常是把脑袋斜着。在当时，就曾经被村里的孩子们嗤笑过，说这样的脸貌颇有几分呆相。长大后，他依然是那样，我常从他那只斜而小的眼睛上回忆起童年的影子来。

当我还未曾学着识字时，哥哥便已读了《孟子》《论语》之类，同时也读着《买卖杂字》。大概，在那时候父亲已给哥哥把职业决定了。冬天晚上，坐在炉炕的菜油灯下，我曾和哥哥伴读。关于书里的事情，我什么也记不起来，仿佛还记得一点影子的，是他把一本小书紧凑在一只眼睛上的那样子。他又常把眼睛紧钉着一个方向，紧钉着，好像在沉思着什么。他非常驯良。

天气暖和的时候，我常随着哥哥到野外去。

我们的野外很可爱，软软的大道上，生着浅草，道旁，遍植了榆柳或青杨。春天来，是满飞着桃花，夏天，到处是桃子的香气。那时，村里的姑娘们多守在她们的桃园里作着针黹；男孩子们在草地上牧牛，或是携了柳筐在田地里剜些野菜。当我同哥哥也牵了自家的母牛到这田野的草地来时，我每是在路上跳着，跑着，在草地上打着滚身，或是放开嗓子唱着村歌。很奇怪，不管我怎样，哥哥却常是沉默着，"哥哥是大人，所以便不得不装着沉默的吗？"曾这样想。

有一天，我又同哥哥在野外"看风景"了——"看风景"是哥哥的文话——他忽然问我：

"告诉我，你将来打算干什么？"

我不加思索地：

"我？——也要读书罢。"这样答。

"难道，你还能读书到老吗？"又问。

不曾想到过所谓"将来"的我，这问题是回答不出的，只见孩子们长大起来便读书，所以就率尔而对了。

"那么，哥哥要干些什么呢？"

自己这样反问着哥哥，觉得很妙，而且期待着他的回答。

但他又沉默着了，好像在思索着什么，永不曾回答我。他把脑袋仰着，眼睛紧钉着远方，紧钉着。我不知道他的目标是什么，只看见，好像连脚跟也要抬了起来，就如一只将要飞去的小鸟，紧张着翅膀。他那只斜而小的眼睛几乎完全闭住了。展在面前的是广漠的绿野，在一列远树的后面垂下了淡青色的天幕。

同哥哥离开的时候，也就是我离开了童年的时候。我到远方的一个省城里入了中学，哥哥到县城的小商店里作学徒去了。两年之后的一个暑假，我从省城回家的途中，经过县城到哥哥的小商店去。

哥哥的小商店住在一条并不热闹的街巷中。从商店的外面看，是罗列了各色各样的布匹，里面却乱堆着很多的杂货。门面还较宽敞，里边就太窄狭了，火柴，煤油，葱蒜，纸张之类的混合气息，令人感到闷塞。哥哥而外，还有两个人物，此刻已想不起他们是什么样子，只记得他们的衣服，都同他们的木柜台是同样污秽，油腻。在一个黑暗的角落里，一张歪拗了的小桌，桌上放着笔墨账簿之类，那是哥哥的地位。外面的街巷狭得像条缝，从哥哥的位上看不见一线天空。

"啊，岑，两年不见，真是长大了不少呢。"

哥哥一见我，暂时显出了惊喜的样子，慌着招顾我，说了这话。此外，他还说了些什么呢？我完全不记得了，好像他当时并不曾说些什么，他还是那样沉默，甚且，比从前变得更沉默了，只是那一大一小的眼睛里，依然是藏着什么秘密似的，放着幽凄的光。

"哥哥，商店的生活可还好吗？"

为要提起话题，我这样问。

"没有什么，作着这样的事也只是不得已罢了。"

"那么，这样的生活要干到几时为止呢？"我又问。

显然地，这一问是没有下文的了，他又沉默着，像在沉思着什么。这时，我才注意到哥哥的脸色，这使我非常惊愕。我忽然觉得他不是我的哥哥，而是一个过路的陌生人，或是一个从远道归来的旅行者了。他的声音，虽然更低微了些，还没有多大变化；他的面貌却变得太厉害。暗紫色的薄唇，深陷的眼睛，那一只小而斜的眼睛，也显得更斜更小了，高耸的两颊上没有血色，眉间也有了几道皱纹，满脸上似是罩了一层暗影。啊，这就是我的哥哥吗？我越仔细看，越觉得奇异，而且，在我的眼前他还继续变着。很久的时间，我们没有说话。忽然，他被一阵剧烈的咳嗽所苦，那样忍不住而又不得不强抑着的咳声，表示出他的内部的痛苦。他又不断地向地下吐唾，咳嗽停止后，他目不转睛地望着地面，我也随了他的视线俯下去看时，——啊，不是痰，是血！

原来哥哥在这小商店里，终日只是伏在那一个黑暗的小角落里，和那一张污秽的桌子作对，身体原就生得纤弱，而年来又过着这囚徒似的生活，这大概就是致病的原因了。后来，我又同哥哥谈起些琐细的事情，也谈到些家乡的情形，但他只是很不关切地应和着，并说，商店不好家乡也不好，仿佛世界上并没有他的去处似的，他沉着脸，低声叹息。临别的时候，又对我这样说：

"岑，要苦苦地用功才好，将来也可在外边作出点新鲜事业；像我这样，怕是没有什么成就的了。"

为厄运所迫，不曾等到中学毕业，我便离开我的学校生活了。这以后，便是南北流转，过着浪人的日子。虽然有时候也还想起些家乡的事来，但一个人放浪既久，终日在打算着逃出命运的摆布，梦想着些虚无的事物时，家乡的影子也就益显得模糊了，关于哥哥的事情也就忘在了一边。计算起来，这样的日子又过了三年之久，不知是被什么所驱遣，我竟住脚在这一座古城里，且又混迹在大学里，自己每觉得是一件不可思议的事。

某日的上午，是将近十一点的时候，忽然从门缝里掷进一封信来，我很惊异，一看那信上的字迹，便知道是哥哥的手笔，发信的地点是济南的一个旅馆：

岑弟……路过济南府，碰着你的同窗王君了，他说你现住在北京城，又说你在大学堂念书，我听了很喜欢。明天，我就到北京城，因为带着女人孩子，怕不能下车去说话，顶好是你能于十二点钟前到西直门车站去见见面，见面时，我好把我的打算告诉你。

兄岭字

第二页：

还是先把我的打算和你说了罢，免得到车站上慌张，没了说话的工夫。

我打算到西北边塞去，到那边去种地，这是我早就想干的事业了。那边荒地很多，地价又廉，在那边干它个三五年，总可以买到几十顷荒地，也想把家乡的穷人们领去干干呢。咱家乡的事情，还是多少年前那老样子，我不愿意再在家乡干事了，临走的时候，爹和娘都哭着留我，都嫌西北边塞太远，叫我死了这口气，可是，我已经把一个很好的盼头放在老人们的眼前了，爹和娘也就忍着泪把我送走了。

明日，我们就见面；再过几日，我就达到西北边塞了。

岭又及

把两页信重读一过，我的心跳得厉害。浮在我的眼前的是多少年前的哥哥那脸相，但哥哥却不是在那暗黑的小商店里，而是在一片无边的荒野里了，那里是遍地林莽，风云异色。仿佛只有哥哥一人，拿了一件笨重的农具在那里操作。忽然挂钟敲了一下，十一点半了，我好像梦中醒来似的，急忙出门到车站去。

到西直门车站时，车已进站了，我在人丛中挤来挤去。费了很多工夫，才找着哥哥。虽然面貌更清瘦了些，但不再像从前那样阴暗了，且用了一个微笑望我。我在人丛中挤到车门口，大家都探着身子，却不能好好地握手。在人丛中我又看见了嫂嫂。

嫂嫂变得苍老了，依旧穿着在故乡时所穿的那老式衣裳，把大孩子抱在椅子上，小孩子抱在怀里，笑着，指我说：

"看，快看，那不是叔叔。"

两对小眼睛向我钉着，呆了。我正想同两个小孩子打招呼时，哥哥又在人丛中指着一个乘客说：

"这是高先生，到西北去的同伴。"

话犹未了，就响了汽号，车上的人都摇动着，车要开了。这时候，哥哥从嫂嫂手里接过一个钱褡来，并递给我，说：

"路上带钱不多，就先拿这些去用吧，连这钱褡；到西北后，有钱再寄来。"

我在慌乱中接过那钱褡，又在慌乱中从车里挤了出来，立在站台上刚喘过一口气，车便开了，还看见哥哥那清瘦的脸，在用了微笑回望我。我在站台上伫立着，望着那列车的驶去，听着那远去了的匆匆的轮声，从车头上喷在空际的灰白的烟也渐渐地淡薄而完全消逝了。

一个月过去，不见信来。哥哥可曾达到了目的地吗？两个月过去，仍然不见信来，莫不是哥哥在那里忙着开垦的事业，就无暇写信吗？三个月过去了，我非常担心，难道哥哥又犯了旧病吗？想起哥哥在小商店里吐血的那情形来，不禁觉得凄然。正想写信到故乡的家中探问时，西北的快信寄来了，但一看那信封，便知道不是哥哥的手笔。发信的地点是包头镇的一个旅店，信写得颇长，也很错乱，但其中的意思是很明白的。啊，哥哥，哥哥，谁料在车站的匆匆一见，便是我们的永别呢！

到了执笔的现在，差不多又是三年之后了，哥哥的遗骸依然寄葬在包头镇附近的一座荒山上。每当凄风苦雨，或是为寂寞所苦时，就常想起哥哥的那副沉思的脸来，不知怎地，仿佛到了现在对于他那样的"沉思"才稍有一点了解似的，益觉得可哀。而使我更不能忘怀的，是哥哥那未能着手的开垦事业，且也更觉得那是一桩很值得冒险的事业了。

（选自商务印书馆1936年版《画廊集》）

黄　昏

　　屋子并不大，方方的，如果屋里没有第二个人在着呢，他的屋里便像没有人似的，老是静静的。屋里也没有多少好玩的东西，特别惹眼的一个盆架，是铁的，也生出很厚的红锈了，有的是书，散乱地放着，连几个坐位上都是，更不用说是床头上了。充满在空气里的也好像是故纸味，更加上那湿津津的地皮的潮气，以及烟气，令人觉得有些闷塞。

　　他是一位闲静寡言的朋友，但有时他的话会滔滔不尽，那就是遇着了他（来得着）的人。他诚恳，他坦白。从外表看来，他是怀着了摸不透的秘密，但有时他曾把他的"心"整个地捧献给别人，只要有人肯去接受。这样，我们这位朋友，便不免要在人们面前失败了，他发现出人们并不同于他自己，他对人家说的是真实话，无奈人家才取得去作了笑柄；甚至他听到有人在背后骂他了，他说："这就是什末都坏的一个原因！"于是，不大听到这位朋友的言论了，他够多么沉闷！

　　我坐在他的屋里，闷闷的，没有声息，好像被这将近黄昏的灰暗压服了，外面是阴沉沉的天空，屋里也有些模糊。

　　好像不知不觉的——我不知道是什末动机，或怎样动作过的，我们又把坐位移到门外边来了。外面凉森森的有些雨意。他取出一支香烟来点着。

"你吸吗？"他问。

"我不——"

我好像要从这"吸烟"上引出些话来说，因为我感到这无言的压迫了。但是终于没甚可说，还是这位朋友先开了口：

"不吸烟又干么呢！"他望着我，烟从他嘴里慢慢地喷着，在他头上画出了白雾的圈子，一个连一个，都消散在空中了。

"我吸烟。"他继续着说。但是，你会疑心他的话是常要中断的，因为他把每个字，每句话，都拉了很长的距离："我吸烟，也是最近的事。不吸烟，还有什么可干呢。与其说，这是一种消遣呢？无宁说，这也是一种工作。在我，就是这样的。我不说，这是什么坏习惯，虽然我也还年青；我承认，这是我的'生活'中的一件事。"说时，他好像要把"生活"二字说得特别重。

接着，又沉默了，烟从烟头向上升着。他在望着天空的云。——那，湿润得有似泼墨。

"你看，"他指着说，"不好吗，那云？"

"好的。"我望一望回答。

我有点奇怪，为什末他忽然谈到了云呢。而且，他在凝思着，好像他的坐位已经搬到那云上去了。我深怕，从此又长久地沉默下去。

因为我的向他注视，才促使他回到了话题：

"你也许还更年青些的，"他说。"这是很可喜的事，你不吸烟。而我呢，不行。生活这回事便是如此。……譬如说，读书不是更好的消遣吗？好，诚然的，我也读。但是，这时候，尤其是这时候的我，为什末书籍这东西——真是故纸？——常是对我没有什么力量呢？……而且，而且……曾经有个时候，也喜欢喝酒，但是，现在呢，连酒也不能喝了。"

说到这里，他又望一望那云。他手上的杳烟要完了。为什末现在不能喝酒了呢，也许是因为物价昂贵的原故吧！

"为什么呢？"我问。

"这也并没有什末了不得的原因，只是，没有了那样的兴致。譬如，前天，不知怎的，我又想起酒来了，要喝。但是，不行。怎样喝呢？一个人，抱着只瓶子住屋里闷喝吗，——一个人！到酒馆里去吧。——人太多！而且，如果喝，便须醉！但是，醉了又将怎样呢？……还是自己压下去吧，反正不喝也过得去！那末，吸烟呢，吸烟是可以的。所以，所以，……我就这样吸惯了。"

这时，好像在他脸上浮起了一层微笑，但，那微笑我觉得颇有些惨苦，随着，也就消逝了。他把烟巴向地下一掷，重重地，我疑心，他是丢掉了一件什么重要的东西。我轻轻地说声："哼——"

接着，义是沉默。

这，简直是弄得我太难为情。"再不来了。"我几乎下了这样的决心。他弄得我没有话说，好像有一种莫明其妙的力量把我闭住了。这力量简直压得我发根儿觉得"躁"，我呆了吗？为什么木头似的了呢？只要他不开口？便只有"沉默"来占领着这时间，和这空间了。而且，当他在说着话的时候，他才并不曾意识到他的面前真有一个"你"，他只是赞美着他的烟圈子，和天空中的云。——我不相信，这曾经活跃过的灵魂；现在——这"现在"是有着什么意义？现在竟成了一个讲催眠故事的老祖母了。这究竟是一种什么力呢？人们的时光，都随着时代一天天地老了下去，而这时候，我们却只能从那曾经泼刺刺地生活过来的寂寞了的人的口中，听到那些平淡的苦涩的话了。

我觉得，有很多的思想挤进我的脑子来。在思索着一些什么，并且，我是要打算解决一件什么吗？连我自己也捉不住，我只是觉得闷塞，闷塞。

这境地，不容我去用什么思想，而，那也正如此刻的闲谈似的，想到的，也只是些不着边际的事物，我们要还说些什么呢？不知道。我可能榨出些什么话来去说吗？我是在努力着，然而不能够！我只看见，有一支新的香烟，又夹在这位朋友的指间了。

"还是吸烟吧——"

他喷一口烟雾，同时是一口叹息，好像他已经嘘出了他的郁积，而那烟雾，依然是转着圈子，慢慢地，散在空中，消在这黄昏里了。天空阴得颇沉。

他的叹息，还响在我的耳际，好像从它引起了一阵风来，吹得冷冷的，这，更引起了那风雨来临的预感。这时，从阴沉沉的云下，飞过一只鸟去。什么鸟呢，我不知道，也许他会知道吧，然而这不应当去考究。只知道，那是一只灰色的，——就像那云差不多的，——没有声息，长颈，短尾，也许是水陆两栖的，而且是只有"一只"，当然，此刻我们都向它仰望着了。

"为什么只是一只呢？"我无意地发问，意思是说，为什么它不曾有个伴侣，为什么它不曾有个"群"呢？

　　这里，又来了我们这位朋友的怪论：他说那鸟——就叫它作灰色鸟吧——并不是没有它的朋友，或者它的同路人，只是这世界，这天空，是太大了吧；或者，它们是各自站了一个世界，而各个世界又相去太远了：这样，便觉得它们成了些孤独者的样子。其实呢，在我们未曾看见以前，是曾经有的飞了过去；而且，在不久之后，也还要有一只飞了过来。夏天来了，它们受不了这气候，它们要拉开长的队伍，要飞过那无边的沙漠，要飞向北冰洋去了。……

　　这，真把我诱进了一道长梦，我梦见那荒凉的跋涉，我梦见那凛冽的冰雪了。这可能是真的吗？那一只长脖子灰鸟，那两只瘦弱的翅膀，它可要奋其一生以达到它那北极的目的吗？

　　"拍！拍！"猛然地，他这喊声把我惊醒了。

　　他的一只手，在尽力地高举着，香烟在顶点上冒着青缕，另一只胳臂屈在胸前。眼光，注视着那手的指处——那里，在那阴沉沉的云下，果然，又有一只灰色鸟向北飞着了。

　　"如果这是一枝枪呢，如果这是一枝枪呢，……"

　　我这才明白，这位朋友是把手举起来在做着射击的姿势。

　　"如果这是一枝枪呢——"好容易把胳臂放了下来，把视线从天空拉了回来，他一再地弹着烟灰，说，"如果这是一枝枪呢，那只灰色鸟的旅行，怕就中止在我们的脚下了。但是，你可能，以为那是件惨事吗？你将以为那会是一幕京剧吗？……其实呢，那才算不起什末！……"

　　这时，他又笑着他那惨苦的笑了，他的眼里放着奇异的光。烟，已离开嘴唇多时了，他继续着说："那算什么？……我对于那行道，颇有些练习，只要是看得见呢，那总可以给它一个了结。而且，那是鸟：如果是人呢，那，那就更容易了。你可还记得，还记得几年前的旧事吗？……"

于此，他又中止，低下头，沉默着，他已经又沉没在回忆之中了。三五年前，当他正努力着某种工作的时候，我们这位短小精悍的朋友，真是生龙活虎般地，一个时代的健儿。那时候，他从不曾叹息，也无所怨尤，他把一切都牺牲在他的工作上，他不喝酒，当然，也不吸烟，他真可以说是一个纯洁的，永久的青年。——但是，自从他来到这座古老的城里以后，他便渐渐地觉得无聊起来，"干什么呢？闷死了！"他说，"我简直不知道怎样做，也不知道做什么好了。"从那时起，这位可爱的朋友，就沉默了下来。他好像在过着隐居的生活，然而，他可有隐士们那末幽静吗？相反，他却是压榨住了许许多多的烦闷。世界变了，人也渐渐地衰老，只见他，把香烟来一支支地量着他的时光。把烟雾来一口口地喷着他的闷气罢了。

黄昏渐浓，益多雨意。这长久继续着的无言，沉默，促使我和这位朋友要告别。

"我要回去了。"

停了一会，他才说："要走？"

这，顿时使我感到一种说不出的悲伤。我觉得我要把这位寂寞的朋友，把他一个人，舍在这黄昏里，这黑暗里，而且又要下雨了。我知道他的语气里是带了多少的凄凉。他既然不曾留我，我也只好预备动身了。我们在无言之中，把坐位都移到屋里，但是他却又坐了下去，在屋里，在暗中，他说他要同我到外面跑跑。我问他："要到那里去呢？"他说："不知道！"我对于他这"无目的地乱跑"的提议，不曾表示同意，也不曾表示拒绝。我只好静候出发了。

"好，走吧，我同你一路出去，我要去找一位朋友，正好一路哩。"

于是，我们戴帽子，出门，而且，他还把门锁了，同时，点上一支香烟，含在嘴上，我们出发，外面暗得更重了，点点滴滴地，雨开始要下。但我们都不管它，不说什末，只是默默地走到了街上。

默默地走过了长街，默默地穿入了深巷，他在一家大门前停住了，他说："好，再见吧，这便是我要拜访的那位朋友的家，但是，我又不想见他了，我要回去，你走上你自己的路吧！"

我又呆了，我不知道怎么好。我默默地走开，他果然也默默地转了回去，我们便在这家无名的门前，分了手，各自消逝在黑暗里了。我觉得，这不奇怪吗？这不可怜吗？这家门，紧紧地闭着，里面可曾藏着了什么可怕的秘密吗？我可要去敲开那座高大的魔宫吗？……

点点滴滴地，雨要下了。我走着，我想着要走出这黄昏，这黑暗，我想着那一位寂寞的朋友，他那不离口的香烟，和那要飞到北冰洋去的灰鸟，那沉默的空气，那闷塞的围雾，我想着，我可能用什么东西来打破那紧压着我们的"力"吗？

（选自商务印书馆1936年版《画廊集》）

秋

　　毕竟这旧京也是我的故乡之一，久别乍见，确有着一种亲热之感。从挤得不透气的三等车里跳出，坐了人力车在大街上前进，心里感到了莫可言喻的畅快。但同时，又不能自已地有着伤感：同这样称心的地方，这落落大方的都市，竟一别十年之久！仿佛这里的每个行动着的人，物，每个敞开着的窗，户，都在用了听不出的声息，向我说着亲密的言语。这，使我在不知不觉中，流了眼泪，并发着叹息。

　　这里的境色，似还没有什么变更，但已经是十年之久了，在这十年之内，我究竟作了些什么呢？到处蓬转，好像一个在外碰运气的孩子，又回到了母亲的面前，纵使别人不问，自己也要回头来看一看既往的行径吧。这样想着时，走过了那座矗立云际的礼拜堂，尖塔前的大白杨响着稀疏的叶子，虽然口里没有言语，心里却在默祷着什么似地，顿时起了一番宗教的虔心。"陵君！陵君！"忽然，在模糊中，似有这样的呼喊，混在那刷刷的杨叶声里，这很使我惊异。回头看时，果然是有人在后边追。

　　"陵君，慢点！陵君，慢点！"依然跑着，喊。

　　怕遇故人，今番却又遇见故人了。车子停了时，我才认出他是谁来：季青君，是的，正是他，中学时代的朋友。

“刚才下车不是？”他望着我的行李，问。

“是的，刚刚。”

“哪儿住？”

这使我有点踌躇了。我注视着他的面孔，他满脸的笑。我终于把我预定的住址告诉了他。

“好，晚上去找你，一定。”

当我的车子已经随了一阵风尘跑开时，我还听见他在喊：

“一定的，晚上再见，请等我。”

我再回头，他已绎落在远远的背后了。

季青君是我们校里顶小的同学，又因了他的活泼，爽快，他的醇真的性情，很为大家所喜爱。他是我们大家的小朋友，大家都称他作“小弟弟”。那时候，他真似一个不知事的孩子，什么事都爱任性。要干的，便像煞有介事地马上干去，并须干得好，不要干的，便一言不赞，永不置睬，毫没有拖泥带水的习气。虽然年龄小，在功课上却获得了最好的成绩，这也就是当然的情形了。不记得是几年前，在南方的一个都市里曾遇到他，那时，他说是要在那边升学的，不知为什么却又在这里相见，我想，其中大概还有些文章可读吧。我希望季青君还能保持他那中学时代的活泼，爽快，和醇真，虽然多年不见，他的身材已长得那么高了。

到达寓所时天已不早了。寓所是旧日住过的，管理人是已经换了。但一说到是老房客，便也招待得格外殷勤。是的，一个漂泊在外的人，还能更希望些什么呢？那位年青的房主人又对我说了些往事，又对我谈到他的母亲。（愿她的灵魂平安，那就是我那位可敬爱的房东太太了。）我觉得我这一次作客，倒真是一个游子之归哩。他对我谈起北京的情形，说这几年来，北京已荒凉得不像样了，什末事业也不景气，只就开公寓这一项而论，较之五年前就差得很多，许多很阔气的房子都空了出来呢。

"先生，客来了。"

电灯刚一亮起，房东便报道有人来访。听那脚步声，我知道那一定是季青君了。不等出去迎，便径自跑了进来的，正是他，依然是满脸的笑。

"一个人呆着吗？"

听了他这样的问话，我不知如何回答才好，只觉得他这样的问话很是可笑罢了。但是等季青君又用了好奇的眼光注视着我的简单的行李，并巡视着我的屋内时，我自己却又觉得黯然了。于是急忙跑到门外去招呼茶水。季青君却说今晚上另有约会，且已经替我约好要同去会见万叶君。这更使我惊愕了。

"万叶也在此地的吗？"

"老北京了，且已有了家室。"

"什末？你是说他已有了妻子吗？"我更惊异地问。

"是啊？既有了老婆，又有了孩子呢。"说着，兀自哈哈地笑了起来。

"我们什么时候去找他呢？"

"马上就去，他在等着哩。"

他立了起来，好像马上就要拉我同走的样子，接着又问："你吃过晚饭没有？"

当我告诉他我早已吃过饭的时候，他便一刻也不再停留。他大踏步地走在前边，我们一同出门。

我们在路上边谈边走。草草地谈到了我们的过去以及目前的种种，这时候，我才知道他已经是北京大学的四年级生了，并知道万叶君是在这里干着研究院。"所谓研究院者，也不过是为了无出路的大学生作一个暂栖之所罢了。"季青君笑着这样说。当我们走过一条热闹的街巷时，季青君忽然不见了，正在疑惑间，才见他拿了两对干烧饼从一家小店里走来，而且已经吃开了一个。到此，他才告诉我，今天在街上相遇时，他是正要到万叶家去的。因为万叶家里出了家务，夫妇俩个斗气，本想到那边去给他们调解的，结果却遭了失败。继又说，两口人都没职业，又加上孩子，弄得生活太窘了，几乎到了断炊的样子。本地虽也有些熟人，但老万却不愿再去碰钉子。迫得他的女人没办法了，便决心要到天津的女朋友家里去告贷，这样的事，在自爱太重的老万又怎能容的。说不定，今晚上还要吵嘴，如果她真地到天津去了，那，说不定要弄出什末事来呢。——季青君边走边说，而同时又吃着烧饼。

"那末，老万为什末不去找点工作呢？"我问。

"工作？"季青君慨叹着回答。"你知道，在北京找工作是顶不容易的，何况在老万那样不善钻营的人，找过多少次都终归失败了。"

"那末他的女人呢？"

"她倒是曾经作过小学教帅的，但自从生了小孩以后，便不曾再去作任何事。"

"难道老万就不会另找点出路吗？"我又问。"即使不作教书匠也好，就不能作点别的事业吗？"

我如此问时，季青君又向我傲然地笑了，他说我简直是不知道一个有了家室之累的人的困苦。

"一个人只要有了家室之累，便算完了。"他又继续着说。"尤其是像老万那样，不知世故，且自爱太重的人。高的不能作，低的不肯作，你猜怎样？老万也变成一个Home Keeper了，他爱说Love is life，于是他的生活便只成了恋爱；及至有了孩子以后，他的日常生活便是抱孩子罢了。"言下颇有些惋惜的神情。

"那末，他们俩该是很和谐的了，为什末还要斗气？"

"斗气吗，那只是近来的事。当初又何尝不是卿卿我我的呢。日子久了，生活又日见窘迫，于是便不免互相计算起来。如不是我常到那边跑跑，如不是有一个小孩在他们中间，真不知他们要弄到什末样子呢。"

最后，他又用力地拍着我的肩膀，很得意地说：

"陵君，你知道你今晚的任务吗？再没有第二个人更适于去给他们和解的了，你是老朋友，而今番又是远来的客人。"

他又哈哈地笑了，我不曾说出什末，也只好附和着笑，在心底里却暗暗地为了万叶君而感到一种难言的悲哀。再看看季青君，他的四个干烧饼已经吃净了，话也说完了，我们便默默地走着。这时，才使我有点余裕，回忆起老友万叶君的当年。

万叶君是我的同学，我的旧友，并且是当年的春草社之一员。

他是一个性情和蔼，而又最易受动的人。在一般先生和同学中间，只有季青君能和他相提并论，因为他们都是聪明，笃实，而每次年考，在各自的本班里都能取得案首的人。何况万叶君又生得极其倜傥，这更赢得了大家的敬爱。他是出自一个极贫苦的农家，由小学而升到中学，中间就经历了不少的阻难，在中学时代，他便已过着差不多是自食其力的生活了，除却少数师友们的帮助外，便靠了写文章来维持自己。"宁可自己过着极清苦的生活，不愿再受家庭的帮助，为的是自己的将来，可不受家庭的束缚。"清清楚楚地，我还记得他曾说过这样的话。我们之能够互相来往，大概也是因为有同样境遇的缘故吧。不过我们的友谊却是以春草社的组织而起始的。春草社是一个文艺团体，那时候虽然没有出版什末刊物，什末丛书之类，然而一切都是在计划之中的。社中人我所最喜欢的就是万叶君了。他的文学造诣，在我们一群中也最杰出，因此，大家竟给了他一个"桂冠诗人"的绰号呢。他每次有所制作，一定要让我先睹为快，但读了他那些伤感的句子时，也每陪了他而沉默，叹息，甚至垂泪。记得有一次是秋天的傍晚，照例地，我又遇见他徘徊在那葡萄架下。葡萄早已被人摘完，就是那些残缺斑烂的葡萄叶，也已凋零殆尽了。向晚的西风是冷峭的，院子很寂静，只有落叶间着蟋蟀的叫声。在这情形中独自徘徊着的万叶君，我知道他是有着什么心情的了。我不知将向他说些什末才好，我觉得非常困窘。

"叶，近来可又有什末创作吗？"

为要打破二人间的沉默，我如是问。

他不作声，只冷笑着从衣袋里取出了一张折叠着的纸来。伸开看时，是两首小诗：

（1）

朋友们的债，

我已经欠下了多少呢？

秋风已来叩门了。

（2）

促织——

忙着唱，忙着织吧，

秋深了，我还穿着单衣。

原来是沉默着，读了这诗，也只有更沉默罢了，沉默就是我对于这诗的赞美。等我们将要分手时，他才用了沉着的声调向我说：

"陵，这样的玩意儿要弄到几时呢？我希望这便是我的最后的哀歌了。"此后，便不大见到他的作品。后来把纯文艺春草社又一变而为一个革命的集团，这固然也是受了其他影响，而大半也还是万叶君的力量。他由坚苦中挣扎了出来，走上了另一条生路，这时，便又是截然不同的一个万叶君了。到我们将近毕业的一季，我们的一群中有的是被迫休学，有的且被拘入狱，而我们的万叶君便是其中的一个最不幸者。

现在，不料又在这座古城里相遇了，觉得喜欢，但再想起季青君所告诉的那情形时，却又觉得担忧。真的，同万叶君相别也将近十年了，这期间，为了避免某种危险，就不曾通过音问。不知在几年前，似曾听说过他的恋爱的消息，此外便毫无所闻，想到人与人的关系，尤其是青年朋友，竟也有着渺不相知的一日时，这也给人生的面上添了些悲哀的颜色。啊，万叶君，我是多么喜欢同你相见啊，但是，将近十年了，想到要和你相见时，我心里已先在突突地跳呢。

正在作如此想时，老是一直跑在前边的季青君停住了，并向我招呼：

"喂！陵君，快点，走进这条小巷，便是老万的住宅了。——怎么？怎么老是迈着方步儿不赶趟呢？"

我紧走了几步，追上季青君，一同走到了暗黑而狭小的巷里。

在一家低矮的门前，季青君说"到了"，我在心悸中停了脚，望着黑暗中两列房屋的轮廓。季青君向前叩门了，门开时我不能自已地喊出了一声"老万"，不料出来应门的偏不是他，却是一个老媪，这大概是万叶君的房主吧，我想。等我们被引到里边时，依然没有万叶君的声息，而且正房的屋门是锁着的，这更令我惊异了。老女人用战抖的手开了门上的锁，把我们让到里边，不料一进门便使我头晕，大蒜，煤油，和孩子的尿布的混合气息，给人以闷塞的不快之感。再看了那些散乱的衣服，书籍，摔破在地下的茶碗，满是灰土的汽炉子，和未曾洗涤的杯盘等物时，我简直不能相信这会是万叶君所住的屋子了，尤其是当我看见有两双女人的破鞋子也散乱地掷放在脚下时，我不禁在心里念道："老万，竟把生活弄到了这样吗？"还不等我们坐定，不等我们说出我们的惊异，老女人便讷讷地说，"太太出门很久了，先生也不在家。"

"怎末回事呢？"我们齐声问，季青君的眼里放着火光。

"太太出门时是我叫的洋车，说是要到车站去的。先生自己在屋里呆了多时，便也兀自走了，问他到哪儿去，也不告诉，只嘱咐好好地看家，并不必等他回来。"

"我去后他们可又吵过嘴吗？"季青君问。

"闹了多时呢。如不是吵的利害，太太还许不至于走开呢。"老女人说着，带着忧惧的样子。

在莫知所措中，我们各自沉默着，我仿佛听到了季青君的沉着的呼吸。这时，我的视线忽然落到了在电灯下的几张照片上：第一张是万叶君自己，是一个英健的戎装少年；另一张是一对新婚夫妇，最后一张是两个成人，一个婴儿，万叶君就是一个笑容可掬的父亲了。等我的视线又移到了那零乱的书桌上时，"陵××……"，明明是我的名字写在一个封筒上，我的心更利害地跳动了起来。这时季青君也注意到了，我们忙打开看时，是如下面的几行草字：

> ××兄：本想同你相见的，但现在我又不愿见你了。请不必为我担心，我是为了另寻出路而走开的，而且，我早就在预料有这样一日的。我的女人走了，但她一定回来。请你们暂替我招顾着家室，偏劳的，恐怕又是青弟了。叶。

为要不使老女人惊怪，我们都沉默不语。

最后，季青君才嘱咐那老女人，请她先好好地在家看守，并叫她放心，说明日我们还要再来，而且一切也都会平复。老女人叹息着把我们送出门来，又把门关好。等我们走到巷口时，季青君又拍着我的肩膀，说："再见吧，听明天的消息。"就兀自跑开了，我们是走着相反的方向。

"听明天的（稍）〔消〕息。"明天会有什么好的（稍）〔消〕息呢？这句话还响在我的耳里。阴暗的天空，稀疏的街灯，在冷落的街上，行着我一人。一阵风，卷着落叶和砂尘，我不禁打了个寒噤。

"秋——"

一个"秋"字把我全身冷透。

（选自商务印书馆1936年版《画廊集》）

寂　寞

在一封朋友的来信里，有下面几段话：

"我现在是在沉默中过活。

"我简直沉默得像口钟。当然地，如果你要故意叩它，这口钟也依然是响亮的。但现在，它却是被封锁在一座古庙里了。

"我是在装作默哑。我几乎同一切人们断绝了往来。人也许问：一个人为什末要这样地孤独了起来呢？我说，我是在工作。然则工作之余呢？——那也就只好说是在休息了。

"我近来确实是很寂寞。但也只有近来，我才开始了解了这寂寞，而且也知道更加爱惜这寂寞了。在寂寞中，我不但作了更多的，且更满意的事，而确实地，我也更觉得康庄，更觉得孤高起来了。说是孤高，——是的，我用了孤高二字，你也许觉得奇怪罢，那是因为我一时想不到更合适的名词的缘故。这在某种场合，我也知道，是含有高傲的意味的，而当我借用了这名词时，也许就仍旧有一点高傲，而实际上，却又确实是有一点儿凄寒之感了。

"我也知道，一个人不应当把自己弄得孤独。但人到了非孤独不可时，不是就也没有必须去凑热闹的义务了么？我简直是怕着那热闹，并怕着那些无谓的往来。连一些闲谈絮语之类也都觉得是对于自己的一种损伤，我已经是养成了这么一种心境的人物了。

"就以今天而论，天气是并不十分晴朗的，阳光也并不强烈，然而我的窗幔却依然是沉垂着。原因是，我要静默，要工作，而工作却又是在静默中方能作得的。我愿意让那两幕古色苍茫的破窗幔作我的屏障，静坐一室，我乃有我自己的天地，虽然有些时候，我也要打开窗幔，看一看外面的行云和青天。

"总之，我爱寂寞。我觉得，我真是正在寂寞之中修行着一种什末胜业哩。除却那些为了生活而必须执行的，实际上，却又像是为了人家而才执行的工作，之外，那末就让我这样地寂寞下去好了。"

当我读到了这样的来信时，真的，除却对于这位朋友更存了敬爱，并有一些哀矜之意以外，于不知不觉之间，我也竟是沉默了很久很久。

我很能了解这位朋友。我知道，他一向就是一个顶勤恳的人。而他的为人，我知道，且又是有着近于宗教的信心的。

他常说他相信他的勤恳是可以换得来某种结果的，虽然这结果也许只是生活上的一点点欢快或安慰。自来便与人落落寡合，并厌于浮世的一切争逐的这位朋友，如今乃更离群索居，一个人孤独了起来，于寂寞中埋头去工作，而又不能不深深地感到这种寂寞滋味的颇可爱惜，我想这也就是很自然的一回事情了。

在现在也还有少许的人是这样地在寂寞中工作着吧，想到这个，也是一件颇可慰怀的事。这样的人，好像都不曾顾及过其他似地，好像都只是单纯地为了自己的一点理想，一点快乐，因而便冷视了一切世俗的毁誉，而安心地在工作中埋首。要我对于这样的人而不感着爱敬，是办不到的了。

　　而且，有些人，他们也并不是不曾把一部分的精力，耗在了实际生活上，他们也并不曾能够免于感受到这两重生活的不调和。但也正因为如此，他们也就更加看重了他们自己所认为的胜业。而又正因为如此，于是也就更多有了些寂寞之感。在寂寞中，这些笃实的工作者，概是难免于有些高傲的。而这种高傲，也就正是他们的好处。要想不让这些寂寞的工作者们觉得高傲，那也怕是一件不可能的事情罢。事实上，这里所说的这种高傲的自身，不也就是一件令人觉得可哀的东西么？上面，那个朋友的来信中所说的"凄寒之感"，我想，大概也就是指着这个了。

　　说到"寂寞"，大概在一般人的生活中，也是很不缺少的。譬如当一个人无所事事时，常常说"寂寞寂寞！"又如当一个人离开了热闹场所时，也常常说"寂寞！"然而，当我读过了那位朋友的来信时，我所想到的，却是下面似的两首诗：

　　　　前不见古人，

　　　　后不见来者，

　　　　念天地之悠悠，

　　　　独怆然而涕下。

　　　　　　　　　　　　　　——陈子昂《登幽州台》

I strove with none,　for none was worth my strife;

　　Nature I loved,　next to nature,　Art;

I warmed both my hands before the fire of Life;

It sinks， and I am ready to depart.

——W.S.Landor

（我不与人争，因无足与争者；我爱自然，其次，爱艺术；我于生命之火上暖我的双手；等火焰熄时，我也将永逝。）

有谁曾感到过这样的寂寞的么？有谁曾意会过这样的寂寞的么？或许有。但终日地嚷着"寂寞呀寂寞呀"的人们，不会。终生地，要以热闹，以名誉，以利禄等等来消磨其所谓"寂寞"的人们，更不会。然则，人们所扰扰攘攘的，究是些什末呢？——恐怕，这也就是令人感到寂寞的原因的一个了罢。

（选自商务印书馆1936年版《画廊集》）

秋　天

　　生活，总是这样散文似地过去了，虽然在那早春时节，有如初恋者的心情一样，也曾经有过所谓"狂飙突起"，但过此以往，船便永浮在了缓流上。夏天是最平常的季候，人看了那绿得黝黑的树林，甚至那红得像再嫁娘的嘴唇似的花朵，不是就要感到了生命之饱满吗？这样饱满无异于"完结"，人不会对它默默地凝视也不会对它有所沉思了。那好像要烤焦了大地的日光，有如要把人们赶进墙缝里去一般，是比冬天还更使人讨厌。

　　而现在是秋天了，和春天比较起来，春天是走向"生"的路，那个使我感到大大的不安，因为我自己是太弱了，甚至抵抗不过这自然的季候之变化，为什么听了街巷的歌声便停止了工作？为什么听到了雨滴便跑出了门外？一枝幼芽，一朵湿云，为什么就要感到了疯狂？我自恨不能和它鱼水和谐，它鼓作得我太不安定了，我爱它，然而我也恨它，即至到夏天成熟了，这才又对它思念起来，但是到了现在，这秋天，我却不记得对于春天是些什么情场了，只有看见那枝头的黄叶时，也还想：这也像那"绿柳才黄半未匀"的样子，但总是另一种意味了。我不愿意说秋天是走向"死"的路，——请恕我这样一个糊涂安排——宁可以把"死路"加给夏天，而秋天，甚至连那被人骂为黑暗的冬天，又何尝不是走向"生"的路呢，比较起春与夏来，我说它更是走向"生"路的。我将说那落叶是为生而落，而且那冰雪之下的枝条里面正在酝酿着生命之液。而它们的沉着的力，它们的为了将来，为了生命而表现出来的melancholy，这使我感到了什么呢？这样的季候，是我所最爱的了。

但是比较起冬天来呢，我却又偏爱了秋。是的，就是现在，我觉得现在正合了我的歌子的节奏。我几乎说不出秋比冬为什么更好，也许因为那枝头的几片黄叶，或是那篱畔的几朵残花，在那些上边，是比较冬天更显示了生命，不然，是在那些上面，更使我忆起了生命吧，一只黄叶，一片残英，那在联系着过去与将来吧。它们将更使人凝视，更使人沉思，更使人怀想及希冀一些关于生活的事吧。这样，人会感到了真实的存在，过去，现在，将来，世界是真实的，人生是真实的，一切都是真实的。所有的梦境，所有的幻想，都是无用的了，无用的事物都一幕幕地掣了过去，我们要向着人生静默，祈祷，来打算一些真实的事物了。

在我，常如是想：生活大非易事，然而这一件艰难的工作，我们是乐得来作的。诚然是艰难，然而也许正因为艰难才有着意义吧。而所谓"好生恶死"者，我想并非说是："我愿生在世上，不愿死在地下。"如果不甚谎谬，我想该这样说："我愿走在道上，不愿停在途中。"死不足怕，更不足恶，可怕而可恶的，而且是最无意味的，还不就是那停在途中吗？这样，所谓人生，是走在道上的了。前途是有着希望的，而且路是永长的。希望小的人是有福了，因为他们可以早些休息，然而他们也最不幸，因为他们停在途中了，那干脆不如到地下去。而希望大的人的呢，他们也是有福的吗？绝不，他们是更不幸的，然而人间的幸与不幸，却没有什么绝对的意义，谁知道幸的不幸与不幸之幸呢。路是永长的，希望是远大的，然而路上的荆棘呀，手脚的不利呀，这就是所谓人间的苦难了。但是这条路是要走的，因为人生就是走在道上啊，真正尝味着人生苦难的人，他才真正能知道人生的快乐，深切地感到了这样苦难与快乐者，是真地意味到了"实在的生存"者。这样，还不已经足够了吗？如果你以为还不够，或者你并不需要这样，那我不知道你将去找什么，——是神仙呢，还是恶魔？

话，说得有些远了，好在我这篇文章是没有目的的，现在再设法拉它回来，人生是走在道上，希望是道上的灯塔，但是，在背后推着前进，或者说那常常在背后给人以鞭策的是什么呢？于此，让我们来看看这秋天吧！实在的，不知不觉地就来到秋天了，红的花已经变成了紫，紫的又变了灰，而灰的这就要飘零了，一只黄叶在枝头摇摆着，你会觉到它即刻就有堕下来的危机，而当你踽踽地踏着地下的枯叶，听到那簌簌的声息，忽而又有一只落叶轻轻地滑过你的肩背飞了下来时，你将感到了什么呢？也许你只会念道，"落了！"等到你漫步到旷野，看见那连天衰草的时候，你也许只会念道，"衰了！"然而，朋友们，你也许不曾想到西风会来得这样早，而且，也不该这样凄冷吧，然而你的单薄的衣衫，已经是很难将息的了。"全家都在秋风里，九月衣裳未剪裁。"这在我，年年是赶不上时令，年年是落在了后边。懑怨时光的无情是无用的，而更可怕的还是人生这件事故吧。到此，人不能不用力的翘起了脚跟，伸长了颈项，去望一望那"道上的灯塔"。而就在这里，背后的鞭子打来了，那鞭子的名字叫做"恐怖"。生活力薄弱的我们，还不曾给"自己的生命"剪好了衣裳，然而西风是吹得够冷的了！

我真不愿看见那一只叶子落了下来，但又知道这叶落是一回"必然"的事，于是对于那一只黄叶就要更加珍惜了，对于秋天，也就更感到了亲切。当人发现了自己的头发是渐渐地脱落时，不也同样地对于头发而感到珍惜吗？同样的，是在这秋天的时候来意味着我们的生活。春天曾给人以希望，而秋天所给的希望是更悠远些，而且秋天所给与的感应是安定而沉着，它又给了人一只恐怖的鞭子，因为人看了这位秋先生的面容时，也不由得不自己照一照镜子了。

给了人更远的希望，向前的鞭策，意识到了生之实在的，而且给人以"沉着"的力量的，是这正在凋亡着的秋。我爱秋天，我对于这荒凉的秋天有如一位多年的朋友。

（选自商务印书馆1936年版《画廊集》）

无名树

　　礼拜堂的钟声响了。悠然地从床上起来，窗外的阳光，耀着我朦胧的眼睛，觉得有些眩晕的意味。这初冬的一晌，又被我在睡梦中渡过了。偶然听到的，是街巷中的叫卖声，这些声音是素常听熟了的，此刻都听得有些异样。我是从另一世界里归来呢，还是又走入了另一个世界呢？我觉得胸中空虚，如有所失。是的，我是丧失了什么，似是远离了一个可怀的人，又似错过了一件幸遇的事。我沈思着，浮在我的眼前的是一片苍白的雾。

　　从我的窗口，可以望得见一块蓝色的天空，画在这天空里的是一株不知名的树。我住在这里已经有三年之久了，三年来，这株树便作着我对面的朋友。这树，自然也同其他的树一样，早春萌发，由嫩绿而浓荫，又经霜而凋零。它每岁结有成穗的翅果，而这翅果又非等到明春再萌了新芽之后是不会落尽的，等到新的翅果已经长成了，而旧果尚残存在叶间的情形也好像有过。一位学农学的朋友曾说这也是白杨之一种，却也指不出它的名色。没有名色，或不知其名色，这又有什么关系呢，反正是这样一株树罢了：它是我的相识，我常是面着它沉思，在一年中，我看着它的荣枯。

　　现在是初冬，这无名的树，很枯瘦的画在空中，好像显得更高了些，叶子已完全飞散了，像碎纸屑似的许多干翅果还挂在枝上。风来时，这些翅果便发出籁籁的声响，如在深夜，就好像落着淅淅的冷雨。当这季候，对了这树而沉默时，就难免有些寂寞萧条之感。而且，当一阵急风吹来，好像要把那些仅连着极纤细的柄的翅果从枝上掠走，翅果们便奋力地侧着身子，发出来极刺耳的苦啸，看来，它们也总有些相依相恋，不肯离开旧枝的意思。这样想着时，也每生出那些对于人生的艰苦之感来。

听了礼拜堂的钟声才从床上醒来的此刻，我又对了这不知名的枯树而沉默着了。"就是这样子度日也是不可思议罢。"有着这样的感兴。但就在这样的沉默中，有一个突然的意念袭来了，我原是在寻思着另一件事物，这事物，便是刚才被我丧失了的那一桩了：我想起我刚才所做的梦来，这在瞬息间被丧失了的梦，是被窗前那不知名的枯树又给唤转了来的。

那是在故乡。我离开故乡已经很久了，说起"故乡"两字，总连带地想起许多很可怀念的事物来。我的最美的梦，也就是我的幼年的故乡之梦了。很奇异地觉得自己是走在故乡的里巷里，而里巷的两旁却是两行蓊郁的绿树，很齐楚地掩覆着里巷中的房檐，那些古老的房檐，在这绿荫之下也显得特别雅致。是垂柳呢，还是白榆呢，梦里不曾认清。但那确是一种可爱的景色，空气是新鲜的，那绿色给我的眼睛以欢快，也给我的心情以鼓舞，我走在那覆荫之下，觉得自己是回到了童年似的，感到一种莫明其妙的欢欣，走在那梦境里的我，仿佛就真是一个快乐的孩子。

尽可能地，又回忆了出来的仅是这些，这些又是很模糊的，因之，也就更觉得可以寻味。在不可捉摸中追寻着已逝的梦影，这正是我此刻的心情罢。然而这样春天的，或是幼年的梦，也只是一个梦罢了。"人生活着是一桩事实，而这人生也就是一件极可惋惜的事实。"——当我望着窗外那株无名的树，树上的翅果又在风中簌簌地响时，这样想。

（选自商务印书馆1936年版《画廊集》）

在别墅

因为养病，住在乡下的别墅里，同来作伴的，只有母亲。

叫做别墅，也只是说着好听罢了，其实，也不过是旷野的几间农舍，四围又绕上了一带短垣。这农舍，距我们的市镇尚有十里，举目四望是绿树，是田禾，农舍附近，就是自家的农田之一部。在农田之一角，有自家的一片榆林。

"娘，我将作些什么来自己消遣呢？"时常向母亲提出了这样的问题，像三岁的小孩似的，觉得什么事也不能作，除非得到了母亲的允许或帮助。这时，母亲便照例地回答我，说："医生再三嘱咐，不准你作什么事，你只好晒晒日头，睡睡觉，就已经够了。"

实在地，同母亲住在一块，我还能有什么可作呢。书，是不让读的；信，也不许写。一切文具，都不在手下，就是偶尔想写下点什么记号之类也不可得。原先住在镇上，那里有许多可以谈天的人，无论是那些吸着长烟管的农夫或踢毽子打球的孩子们，都会给我以欣慰。然而，怕我受不起那些烦扰，才终于搬到了野外来，虽然自己最怕寂寞，为了养病，也不能不安于寂寞了。而母亲呢，终日只打算着我饮食起居的事，便已操劳不少，老年人只为了儿子的病而担忧的心情，我已深深地体谅到了，我不愿意在任何事情上违背母亲的意思。

有一天，当吃着晚饭的时候，母亲忽然想起来似的，说，"明天是镇上的市集了，我想去买些菜来，如能买到一只鸡便好，因为昨天镇上的王家伯母来，说你是应当吃鸡的，可作药物，又可以当饭吃的呢。"说着，显出很得意的样子，征求我的同意。次日清晨，用过早点之后，母亲便独自到市集去了。回来时日已晌午，母亲很得意地说，"不但买了鸡来，还学了吃鸡的方法来呢。"便从麻袋里放出一只肥大的公鸡来，黑羽毛，金颈项。顶上的冠子大而且红，昂了首，抖擞着精神，是一只很可爱的公鸡。可惜在腿上还系着只破鞋，像带着脚镣一般，使它不能十分自由，不然我想它怕要逃去了。

"是今天就杀呢，还是等到明天？"母亲问。

"不。"我摇头回答，"且养它几天再说罢。"

母亲又接着说，"养它几天也可以，或者还可以养得更肥些呢。"我听了这话，觉得颇不舒服，但也不好说出什么，心想，"这只鸡，终于是要为我而死的了。"

次日清晨，不等母亲呼唤，我便起床了，出乎意料之外的喜欢，因为我听到了被买来的那只公鸡的早啼。对这只即使将要被杀，也还尽着这司晨的义务的禽，觉得很可感激，但同时又觉得很可哀怜，"让它活下去罢！"就有这样的心思。当散步归来时，看见母亲撒些谷粒给那鸡吃，那鸡也就泰然地啄食，对于那饲养它的人，表示出亲昵的样子。

"听了鸡叫，所以才早起的呢。"

"真的吗？那么就留它叫五更好了。"母亲这样回答，仿佛很体谅我的用心。

午饭后，我把这鸡带到榆林间去，因为那里有东西可以啄食，如草叶，草实，野葡萄子之类，在荒草里也可以找得青色的小虫，这更是很好的鸡的食饵了。当这鸡在那草地上任意啄食时，我也在帮它寻取，每当捉得一只青虫或蚂蚱之类时，便咕咕咕咕地把鸡唤来，并给它吃。它每是绕在我身旁不去。并时常抬起它那带着红冠的头来向我注视，也在喉间发出很轻微的咕咕鸣声。

这样的日子，过了三五天，母亲不曾提起过杀鸡的事，只有时候说，"这鸡更肥了。"并不再说别的。我呢，也乐得来这样下去，病虽依然如初，说是吃掉一只鸡便可痊愈的事，谁能相信呢。我每天带着这只被留下来的公鸡到榆林间去，在那里游戏，在那里休息，不但忘却了寂寞，且也过了些有趣的日子。仿佛一只鸡也就懂得人的心思似的，对自己表示出那样的友情：几乎是不能相离地，它永是跟在我脚后，坐下来，它伏在我的身旁，有时，竟要飞到我的身上来了，捉到青虫时，便可在我的手心里被它啄食，很是可喜。有时，它失迷在那些榆林的荒草里去了，只要听到咕咕的呼唤，便摇摆着肥重的身体向我奔来。夜里就宿在屋前的埘中，清晨便把我从梦中唤醒。

是某日的晚间，天空阴得颇浓，好像就要下雨了。用过晚饭之后，母亲说："天很冷，早些上床去睡罢。"还不等入睡，便听到窗外洒洒的雨声了。明晨醒来，已是早饭时候，外面的雨声还是不停。对于自己的这样懒起，觉得很不高兴，好像在后悔着什么，又好像在怨恨着那雨。仔细想时，原来母亲既未把我唤醒，又不曾听到鸡声，为什么今天会没有了鸡声呢？觉得很是可疑。当我随便地洗过手脸之后，看见母亲很慌忙地冒着雨从厨房里走来，两手上捧着一碗热气腾腾的东西放在我的面前，并说，"快点吃罢，鸡已煮好了。"

我很久地沉默着，望着那碗上的热气向上蒸腾，眼前只是一片模糊。在雨声中，听到母亲在一旁用颤抖的声音说，"怎么还不快吃呢？等会就要凉了。好容易，费了一夜的工夫才给你煮好，而且还是神煮！"说着，也坐在了一旁沉默着。我们都沉默着，而且沉默了很久。

所谓神煮者，这便是母亲所说的，学来的那煮法了。把鸡杀死洗净之后，并不切碎，也不加些油盐之类，只放在清水里煮熟，而所用柴薪，又只限于用谷秸七束，在锅里煮过一夜之后方取食，据说，这样煮法就可以医病。

听了母亲的再三督促，觉得很是难忍。最后，母亲竟哭着说，"原是希望给你治病的，既这样，我还有什么希望呢。"说着，就不能自已地呜咽起来。我也只有忍着泪，服从了母亲的命令。

又过了几日，母亲说："再去买只来吃罢。"我说，"吃过一次，病也不见好，也就不必再买了。"此后，便不再提起关于吃鸡的事。至于自己的病呢，确也不曾见好，医生说还须继续静养，很想早搬回镇里去住，也不可能，只是依然过着那幽静的日子，在野道上缓步，在榆林间徘徊或沉思。

（选自商务印书馆1936年版《画廊集》）

白　日

"你对于将来作如何想呢？"

"唔，将来吗，宁可以说是不知道吧。"

"那么，你还在恋惜着既往吗？"

"既往的多已忘怀了。"

"那么，你现在的生趣怎样呢？"

他不回答，只用手指着窗外的天空。

"啊，你是像秋天的太阳那样的光明而快乐吗？"——时已正午，我们晒得很舒服了。

"不——不——"他摇着头，微笑。

"那末你就像窗前那花架了。"——向窗望去，正对着那已经凋零了的牵牛花架，只有几片小叶还在秋阳里闪着暗淡的绿色，花是早已没有的了。

"不，不——"微笑着，他抬起头来，望着外面的天空，既而又回顾四周，面上渐渐的沉郁起来：

"像白日一样，我把一切都看透了！"

…………

我们都沉默着，很久的沉默，听外面有死叶的簌簌。

（选自商务印书馆1936年版《画廊集》）

父与羊

  父亲是一个很和善的人。爱诗，爱花，他更爱酒。住在一个小小的花园中——所谓花园却也长了不少的青菜和野草。他娱乐他自己，在寂寞里，在幽静里，在独往独来里。

  一个夏日的午后，父亲又喝醉了。他醉了时，我们都不敢近前，因为他这时是颇不和善的。他歪歪斜斜地走出了花园，一手拿着一本旧书，我认得那是陶渊明诗集，另一只手里却拖了长烟斗。嘴里不知说些什么，走向旷野去了。这时恰被我瞧见，我就躲开，跑到家里去告诉母亲。母亲很担心地低声说："去，绕道去找他，躲在一边看，看他干什么？"我幽手幽脚地也走向旷野去。出得门来便是一片青丛。我就在青丛里潜行，这使我想起藏在高粱地里偷桃或偷瓜的故事。我知道父亲是要到什么地方去的，因为他从前常到那儿，那是离村子不远的一棵大树之下。树是柳树，密密地搭着青凉篷，父亲大概是要到那儿去乘凉的。我已经看见那树了。我已走近那树下了，却不见父亲的影，这使我非常焦心。因为在青丛里热得闷人，太阳是很毒的，又不透一丝风。我等着，等着，终于看见他来了，嘴里像说着什么，于是我后退几步。若被他看见了，那才没趣。

  我觉得有这样一个父亲倒很可乐的，虽然他醉了时也有几分可怕，他先是把鞋脱下，脚是赤着的，就毫无顾忌地坐在树下。那树下的沙是白的，细得像面粉一样，而且一定是凉凉的，我想，坐在那里该很快乐，如果躺下来睡一会，该更舒服。

自然。那长烟斗是早已点着了，喷云吐雾的，他倒颇有些悠然的兴致。书在手里，乱翻了一阵，又放下。终于又拿起来念了，声音是听不清的，而唔唔地念着却是事实。等会，又把书放下；长烟斗已不冒烟了，就用它在细沙上画，画，画，画了多时。人家说我父亲也能作诗，我想，这也许就是在沙上写他的诗了。但不幸得很，写了半天的，一阵不高兴，就用两只大脚板儿把它抹净：要不然的话，我可以等他去后来发现一些奇迹，我已经热得满头是汗了，恨不得快到井上灌一肚子凉水。正焦急呢，父亲带着不耐烦的神气起来了，什么东西也不曾丢下，而且还黏走了一身沙土。我潜随在后边，方向是回向花园去。

父亲踉踉跄跄地走进花园，我紧走几步要跑回家去，自然，是要向母亲面前去覆命。刚进大门，正喊了一声"娘"，糟了，花园里出了乱子，父亲在那里吵闹呢。"好畜生，好大胆的羔子！该死的，该宰的！"父亲这样怒喊，同时又听到扑卉声，又间杂着小羊的哀叫声。我马上又跑了出去，母亲也跑出来了，家里人都跟了出来，一齐跑向花园去。邻居们也都来了，都带着仓皇的面色。我们这村子总共不过十几户人家，这时候所有的人，差不多都聚拢来了。我很担心，惟恐他们疑惑是我们家里闹事，更怕他们疑惑是父亲打了母亲，因为父亲醉了时曾经这样闹过。门口颇形拥挤了，大家都目瞪口呆，有些人在说在笑。父亲已躲到屋里去休息，他一定是十分疲乏了。花园里弄得天翻地覆，篱笆倒了，芸豆花洒了满地，荷花撕得粉碎，几条红鱼在污泥里摆尾，真个落红遍地，青翠缤纷，花呀，菜呀，都踏成一片绿锦。陶渊明诗集，长的烟斗，都睡在道旁。在墙角落里，躺着一只被打死了的小羊，旁边放着一条木棒，那是篱笆上的柱子。大家都不敢到父亲屋里去，有的说，"羊羔儿踢了花呀。"有的说，"醉了。"又有人说，"他老先生又发疯啦。"其中有一个衣服褴褛的邻人，他大概刚才跑来吧，气喘喘地，走到死羊近前，看了一下，说："天哪！这不是俺那只可怜的小羊吗？"原来父亲出去时，不曾把园门闭起；不料那只小羊游荡进来，以至于丧了生命。我觉得恐怖而悲哀。

明晨，父亲已完全清醒了，对于昨天的事，他十分抱愧。他很想再看看那只被打死的小羊，但那可怜的邻人已于昨夜把它埋葬了。父亲吸着他的长烟斗，沉重地长叹一口气，"我要赔偿那位邻人的损失。"虽然那位邻人不肯接受我们的赔偿，但父亲终于实践了前言。然后，他又亲手整理他的花园——这工作他不喜人帮助——就好像不曾发生过什么事一样的坦然。多少平和的日子或霖雨的日子过了，父亲的花园又灿烂如初。

直到现在，父亲依然住在那花园里，而且依然过着那样的生活：快乐，闲静，有如一个隐士。但人是有点衰老了，有些事，便不能不需要别人的扶助。

（选自商务印书馆1936年版《画廊集》）

小孩和蚂蜂

"把这窗子交给你。听见吗？小东西！"狱警向小孩说，用手指着纸窗子。"如果撕破一点纸，便拿你是问。"小孩子笑而不语——笑是勉强的——蹲在靠窗的角落里。

正是蓊郁的初夏吧，虽已忘怀时日，然而还记得春花谢去了不多时，杏子刚有着纽扣大。什末地方传来了新蝉声，狱警们换上黄衣了。外面的生命正峥嵘呢，我们却关在了囚笼里，即便梦，也梦不到外面是如何美丽。我们只有沉思，只有沉思，默默的，互视着污垢的面孔。

在这情形中，幸而有一个小孩子作伴，颇给了大家些许安慰。他的职业是作扒手。十二三岁年纪，却曾经为了饥饿跑过各大都市。夺了贵妇人手中的食品或钱囊是他最乐意告诉的事。他被拘禁起来已经很久了，然而这又不是第一次，据说这土炕上的虱子都是他身上繁殖的，这话当然没有根据，然而他却毫不辩解，不但他自己天天忙于捉虱子，他还要帮着别人做这惟一的工作。在许多囚犯之中，只见他常有着笑脸，而真正能哭的也只有他自己。

"又何必哭？在外面还得奔着吃，这里现有着公家饭哩。"

这时他便揪起他的小嘴，暗陕着鬼眼低声说："呸！外面多自由？母亲还不知道我的死活呢！"

于是大家又复寂然，各人又做着各人的梦。

一天的早饭吃过了，从纸窗上我们知道是晴朗的好天气。小孩子照例蹲在窗下，两只小眼睛向窗上呆望着，好像要把视线来穿透那厚而且暗的窗纸。我们有时垂着脑袋发闷，有时也向着窗子出神。忽然听到外面有泼水的声音，小孩子忘形地站了起来，用力地嘎声说："唷，下雨哩！"

"这样好天，下他妈的什末雨！"狱警这样说着过来了。小孩子重又蹲了下去，不敢出声。这时才有另一囚犯低声说："老爷们在洒地呢。"

天气燥得很，我们是盼着下雨的。用压水机洒了庭院，也权作下过一次雨吧。我嗅到了潮湿的气息，这使我想起了雨后的郊野，如果赤了脚走在那样的地上该是快乐的，现在我的脚上却带着镣子。而现在，我们的枯燥的灵魂里是太急需那样一滴水了，太急需那天上降下来的一滴雨水了。也许现在我就可以出去了吧，也许在今天傍晚，在凉爽的微风里，我可以撑着一把油纸伞走在那细雨的长街上了吧，但一转念间便知道这只是自己的梦，于是又焦急起来，于是又呆望那纸窗，于是又用力地注视那关着我们的木栏子，宁可一头碰坏那栏子的念头也曾有过。正在这样想时，忽然听到外面有人嚷着："捉住它！捉住它！"

"什末？"小孩子的惊讶。

"啥？"另一个同伴的声音。

又听到外面有人在跑。

"捉住了吗？"

"而且还给它缴了械呢。"

"拿去给那小东西玩吧。"

一个狱警进来了，在他手掌上托着一只黄蜂，两只翅子沉沉地垂着，不断地用力想飞起来而不可能，尾端一起一落地动着，但是它不复能螫人了。它的翅子被水湿了，它的毒刺已被截去。它成了只极驯良的小虫，被狱警放到了囚笼里。虽然知道它是曾经能为人害的，而此刻却对它有些儿怜悯，我觉得它和我们是冒着同样的命运。

"给你个玩意儿，小东西，不要闹，别让它螫着你。"

小孩子接过蚂蜂来，微笑着说："它已经没了刺哩。"

"诚然，没了刺，而且也不能飞了呢！"

大家的视线都落在那孩子的手上。蚂蜂已显出了失望的样子，不再去试验着飞起，负伤的尾端也不再摇动了。它只在孩子的手上慢慢地爬着，爬到掌边时又转向掌中，似乎是被那手掌的面积围住了的，不曾爬出手掌去。小孩的脸上又罩上笑容，这时候，仿佛还可以看出他的脸的美来，而且在那晴朗的小眼睛里也透出了他的伶俐。他像得着宝贝似地看着他的蚂蜂了。为要使蚂蜂的翅子赶快变干，他用嘴向蚂蜂吹着。蚂蜂的翅子被水湿得太软了，吹得一起一落的，好像那翅叶并不是长在了蜂身上。

"等翅子被吹干时，它就要飞去了。"同伴中有人这样说。

小孩子不言不语地兀自微笑，听了这话，忽然取过他的破单衫来。那衫子已经既破且脏，昨天一个同伴被镣子磨破了脚腕，就从那衫子上撕下布片来包裹过伤处，并且把镣环也用布包了。此刻他把衫缝上的线抽出了几条，把线接起，在线端结了一个活纽，把活纽套住了蜂腰上。这时的蚂蜂已变成小小的活风筝了，他的翅子已经恢复了原有的力量，可以自由地飞了起来。但是线的彼端却被牵在孩子的手里，纵然能飞也逃不出这座囚笼。

"看风筝，看风筝，我的小风筝啊！"小孩子嘎声笑着说。

大家的脸上也带着苦笑，狱警也笑了。

"嘿，好孩子，真会玩，可不要冲破了窗纸吧！"

小孩子牵着风筝线，蚂蜂在线端飞摇着。它用力地向光明处摇去，向窗纸飞着。小孩子只随了它的去向把线放着。手里的线完全放开，蚂蜂已飞到了窗纸上。这时候小孩子有点惊慌了。他眼睛望着纸窗，又不能不回顾着狱警，狱警在门口，面向外立着。

蚂蜂用了全副的力量抓在窗纸上，风筝线被拉成直线了。然而他还在向上爬着，向光明处爬着，它急于要寻到一个隙孔，要冲了出去，宁可以拉断了自己的细腰。但是小孩又不肯放松，曾几次被小孩子拉了下来，几次又飞了上去。小孩子站起来，蚂蜂在窗纸上作着刷刷的响声，同伴们都在担心着，"可不要冲坏了窗纸吧。"正在有几个同伴同时低声地呼喊时，狱警一步转来了。

"当心窗纸！什末事啊，小东西？"

风筝线断了。蚂蜂爬在窗纸上，急剧地盘旋着，带着线，向门口飞去了。

狱警还在骂着，向小孩瞪着恶狠的大眼。小孩早已又蹲在了窗下，（其）〔起〕初是呆望着门口的去处，既而两眼噙着泪花，终于两手盖在脸上，伏到窗下的角落去了。

我们都茫然地向门口望着，可怕的沉寂又镇住了这阴湿的因牢。

蚂蜂飞了，孩子哭了，大家哑然，各人又做着各人的梦。"如果是那蚂蜂就好了，"也许它会即刻死在外边，然而那也许更好些。自己悔恨"生而为人"却是毫没办法的事。于是觉得心里阴暗起来，于是又焦急，于是又呆望那纸窗，于是又用力地注视着那关着我们的木栏子。

谁都希望早一天出去，而且为别人的幸运而祷告。小孩子每天清晨替我祈福，"先生，你今天一定可以被释，因为你是个先生！"嘴角上浮着天真的微笑，眼睛每是水汪汪的。也许就因为我是个所谓"先生"的缘故吧，这孩子是很乐意同我谈心的。对于他的替我祈福，我几乎是认为可以应验的吉兆。

"先生，今天下午可该叫着你了。"

"也许，但愿我们一齐。"

"出去时，先生……"

"什末？"

"我请托你……先生。"

"什末？是的，我明白，我今天出去，明天可以给你送几个钱，或者衣服……"

"不！不！我不要这些的。先生，我的母亲，我希望你能遇着她……"

"啊！……"

"请你向我母亲说，你说我还活着，我很想她，但她不必，不必担心着我……"

他握着我的手，紧紧地。好像要倒在我的怀里而又有点差涩，声音低到仅可听出。

"但是——"我说，"你母亲是在……"

"是的，我已经说过，她没有住处，也许走在街上，也许混在闹市，不然就在城南的贫民窟了。先生，我希望你走在街上能和她相遇，她的脸黄而瘦，头发黑而多，很好认，左眼是瞎了的，还有，先生，我被捉住时她披一件没袖的蓝布衫，像我这个似……"

一切我都答应了，我打算把他的嘱咐去照办，我可以向各处去找那样一个母亲，我可以用这孩子的名字向各个一只眼的乞妇去打听，只要，只要我能够出狱。这些事情占住了我的心，在沉默中我想像着那些事，我梦想着那样一个女人，她还不知道她儿子的生死，为了饥饿在这古城里奔乞。但是——

但是，看着窗子上暗了，看着窗子上明了，这样的日子，过着，过着，恹恹地，没有出头的日期。

（选自商务印书馆1936年版《画廊集》）

悲哀的玩具

依然不记得年龄，只知道是小时候罢了。

我不曾离开过我的乡村——除却到外祖家去——而对于自己的乡村又是这样的生疏，甚且有着儿分恐怖。虽说只是一个村子吧，却有着三四里长的大街，漫说从我家所在的村西端到街东首去玩，那最热闹的街的中段，也不曾有过我的足迹。我的世界是那样狭小而又那样广漠，因为从小时候我就是孤独的了。

父亲在野外忙，母亲在家里忙，剩下的只有老祖母，她给我说故事，唱村歌，有时听着她的纺车声嗡嗡地响着，我便独自坐在一旁发呆。这样的，便是我的家了。

外面呢，我也常到外面去玩，但总是自己个。街上的孩子们都不和我一块游戏，即使为了凑人数而偶尔参加进去，不幸，我却每是作了某方面失败的原因，于是自己也觉得无趣了。起初是怕他们欺侮我，也许，欺侮了无能的孩子便不英雄吧，他们并不曾对我有什么欺侮，只是远离着我，然而这远离，就已经是向我欺侮了。时常，一个人踽踽地沿着墙角走回家去，"他们不和俺玩。"这样说着一头扑在了祖母的怀里，祖母摸着我的头顶，说，"好孩子，自己玩吧。"

虽然还是小孩子，寂寞的滋味是知道得很多了。到了成年的现在，也还是苦于寂寞，然而这寂寞已不是那寂寞，在那虽天真而并不烂漫的时代的寂寞，现在也觉得颇可怀念了。

父亲呢，他永是那么阴沉，那么峻严，仿佛历来就不曾看见过他有笑脸。母亲虽然是爱我，——我心里如是想——但她从未曾背着父亲给我买过糖果，只说，"见人家买糖果就得走开。"虽然小吧，也颇知道母亲的用心了，见人家大人孩子围着敲糖锣的担子时，我便咽着唾沫，幽手幽脚地走开；后来，只要听到外面有糖锣声，便不再出门去了。

实际上说来，那时候也就只有祖母一个人是爱我吧，她尽可能地安慰我，如用破纸糊了小风筝，用草叶作了小笛，用秫秸插了车马之类，都很喜欢。某日，我刚从外边回家，她老远地用手招我，低声说，"来。"

我跑去了，"什末呢，奶奶？"我急喘地问。

"玩艺儿，孩子。"

说着，从针线筐里取出一包棉花，伸开看时，里面却是包着一只小麻雀。我简直喜得雀跃了。

"哪来的麻雀呀，奶奶？"

"拾的，从檐下。八成是它妈妈从窝里带出来的。"

"怎么带到地下来？"

"傻孩子！大麻雀在窝里抱它，要到外面去给它打食，不料出窝时飞得太猛了，就把它带了出来，几乎把它摔死哩。"

我半信半疑地，心里有点黯然了，原是只不幸的小麻雀呀，然而我有了好玩具了。立刻从床下取出了小竹筐，里面铺了棉花，上面蒙了布片，这就是我的鸟笼了。饿了便喂它，我吻它那黄嘴角；不饿也喂它，它却不开口了。携了竹筐在院里走来走去，母亲见了说，"你可有了好玩物了。"

这时，我心里暗暗地想道：那些野孩子，要远离就远离了吧，今后我就不再出门了，反正家里有祖母，又有了这玩物，要它长大起来能飞的时候就更好了。

晌午，父亲从野外归来，照例，一见他便觉得不快，但，我又怎晓得养麻雀是不应当呢！

"什末？"父亲厉声问。

"麻——雀——"我的头垂下了。

"拿过来！"话犹未了，小竹筐尸被攫去了；不等我抬起头来，只听忽地一声，小竹筐已经飞上了屋顶。

怎样啦？自然是哭了，哭也不敢高声，高声了不是就要挨打吗？当这些场合，母亲永是站在父亲一边，有时还说"狠打！狠打！"似乎又痛又恨的样子。有时候母亲也曾为了我而遭父亲的拳脚，这样的心，在作为小孩子的我就不大懂得了。最后，还是倒在祖母怀里去啜泣。这时，父亲好像已经息怒，只远远地说："小孩子家，糟践信门，还不给我下地去拾草去！"接着是一声叹气。（注——糟践信门，即草菅生命。）

祖母低声骂着，说："你爹不是好东西，上不痛老的，下不痛小的，只知道省吃俭用敲坷垃！不要哭了，好孩子，到明老奶奶爬树给你摸只小野鹊吧。"说着，给我擦眼泪。（注——敲坷垃，即劳苦种田。）

哭一阵，什末也忘了，反正这类事是层出不穷的。究竟那只小麻雀的下落怎样，已经不记得了。似乎到了今日才又关心到了二十年前的那只小麻雀，那只不幸的小麻雀，我觉得它是更可哀的了，离开了父母的爱，离开了兄弟姊妹，离开了暖的巢穴被老祖母检到了我的小竹筐里，不料又被父亲给抛到那荒凉的屋顶上了，寂寞的小鸟，没有爱的小鸟，遭了厄运的小鸟啊！

在当时，确是恨着父亲的，现在却是不然：反之，却又是觉得他是可悯。每当我想起一个颁白的农夫，还是披星戴月地忙碌，为饥寒所逼迫，为风日所摧损，前面也只剩着短短的岁月了，便不由地悲伤起来。而且，父亲是没受教育的人，他生自土中，长自土中，从年少就用了他的污汗去灌溉那些砂土，想从那些砂土里去取得一家老幼之所需，父亲有着那样的脾气，也是无足怪的了。听说，现在他更衰老了些，而且也时常念想到他久客他乡的儿子。

（选自商务印书馆1936年版《画廊集》）

雉

　　小时候，养过一只野鸡，从毛羽未丰时养起，所以它是很驯熟了，它认得我，懂得我的言语，并能辨识我的声音，我就是那只小鸟的母亲了。

　　这小鸟渐渐地长了花翅，当我用口哨唤它时，它把翅膀扇着，张了嘴，"哥哥"地叫，我吻它，喂养它，心里很喜欢了。暗想道："你快些长大起来吧，要能飞就好，你可以站在我腕上，站在我肩上，或飞在我的头上。我可以带你到旷野去。那里是你原来的住家，你可以再回到你的森林了。但当我用口哨唤你时，你要再向我的肩上飞来，我再带你回家，那就顶快乐了。"

　　果然，不久它就能飞了，毛羽更美了。一只小鸟的长成比一个小孩的长成快得多多，我想，如果我也能赶快长大起来就好，如果能长了它那一双翅子就更好。有时，这样的愿望竟在梦里实现了，我同我的野鸡飞着，我同它一般大小，轻轻地，飞过了树林，飞过了小山，飞过了小河，我听到我的翅膀扇着的声音了，最后是被母亲捉住了这才醒来。虽然知道这是梦吧，却极喜欢，刚从床上起来便去看我的野鸡，我觉得它更长大了些，也更可爱了。

　　它饿了便叫，我用口哨唤它，飞到我的手上来了，这只是一种初飞的学习，它的翅膀还是软软的。它确有惊人的进步，我每是同它逗引着玩，我在前边啸着跑，让它在后面叫着追，当它又飞到我的手上时，我就抚着它的背安慰它。母亲说："把它装到笼里去吧，不然，它要飞到树上去了。"哥哥说："把它的翅子麻起来吧。怕它要飞向山林去了。"我说："不，它已经很驯熟了呢。"

像哥哥母亲所说，那是太残忍了，而且也太没趣了，还是这样好。有一天，我要使它练习高飞，我把它托在掌上，说，"飞吧！"把手一举，他就飞了，果然就飞到了院里的树上，它在那里点头，摇尾，扇着翅望我，我说，"给我下来吧！"它就又飞到了我的手上。心想，这就好了，我很信任这只野鸡的心了。将来我要到田野去工作，带它同去，就让它到池边的树上去玩着吧，等工作完了时，我就唤它下来，我们再一同回家，那就顶快乐了。

日子过的很快，也很快活，我时常把我的野鸡放到庭院的树上，就这样，它是被我养大了。我并不希望它感激我，只希望它健康地活下去，而且伴着我工作，伴着我游玩，它要永久地伴着我，这样我就很满意了。爱管闲事的哥哥同母亲，老是要我提防它，说它有"忘恩负义"的心肠，我怎能信得这些，他们的话是对"人"说的，不是对"鸟"，而这只野鸡又是这样的驯熟了。我总爱把它放到树上再把它唤下来，这样，可以表示我驯养这鸟的功劳，更给他们看看这鸟对我的忠心。但有一次它飞到了树上去竟是唤也不来，只用了惊异的眼向四周窥探，向远处遥望，望了远方再望我。"你望些什么呢？"我说，"难道你望着那绿的山林吗？"说着，它却又飞了下来。我分明地看出，在它眼里有着惊怖的神色，我的手，似乎触到它的心的跳动了。我说："绿的山林是可爱的，但我这里也并不是不自由啊。"它好像很感动，用嘴尖轻轻地啄我的手心，它小时候，这手心原是它平安的饭碗哩。

夏天了，田野里真绿得可爱，从田野那方面吹来的凉风，每令人想到：如果到那山阴的林里去睡下就幸福，到小河里去洗澡也快乐。住在家里是这样热，我的野鸡是这样不安，每是停在院里的树上东张西望，这也就难怪了，现在，它的能力已是完全齐备了吧，说不定它也许要飞回它的老家，但我又怎能缚它的脚或麻它的翅呢，这样的大鸟装在笼里也太不像样，养大它是为了看它飞，那末就让它飞吧。而每次当它飞了又回来时就觉得它更可爱。

有一天，它又飞到树上去了，它从这枝跳到那枝，从这树又跳到那树，它向远方张望了又把翅子屡次鼓动着，我用手招它，口哨着唤它，它向我低回了一眼，也并不是不表示着惋惜，但终于下了决心，似乎说"再见吧，哥哥！"把尾巴一摇，向旷野飞去了。

我是变成了什么样呢？我在树下呆了多时呢？我可不知道，想哭，也哭不出。我也跑向旷野去了。这天的天气太热，太阳把火炎直摔到地上，田里的稻都垂了头，树叶也懒怠颤动了。我漫山漫野地去找我的野鸡，太阳要落山的时候我还在野里踯躅着，我的口哨也无力再吹了，我说，"你这野鸟，今番你是幸福的了。"不知怎地，想到"幸福"两字时眼里就落下泪来，当时，真想也住在绿野里才好哩。正这样想时，却使我大吃一惊：不曾找到野鸡，倒遇到哥哥了，哥哥是特地来寻我的。害羞呢？还是悲哀呢？莫知所以了。"长大了便飞，明年再养只小的吧。"听了这样的安慰和哥哥一齐回到了家里。

　　整个地夏天我都思念着我那野鸡。在家里就听着：是不是它又飞了回来。在野里便寻着：是不是它还能认得我。夏天去了，天气也凉爽了，而我的野鸡还不曾归来。母亲说："你也长大了，不要再玩什么野鸡，秋凉了送你上学堂去吧。"于是我就被关在了学堂里，一直到现在。

（选自商务印书馆1936年版《画廊集》）

蝉

太寂静，静得古怪，好像人已不在这个天地间了。偶尔听到一阵鸽笛，但并非鸽笛，只是碧落之下的一发自然之声罢了，人听了，依然感到寂静。"今日天气好，清吹与鸣蝉。"这个境界很可爱。"感彼柏下人，……"则与我无干。但在这么一个寂静中，听了鸽笛，我却真在怀念着鸣蝉。

有些人嫌恶蝉声，嫌它噪聒，且有人问，它究竟是为了什末呢，从早到晚地老是那么噪个不休不了？它为了什末而噪聒，就连我也不甚知道，但我却确实有点喜欢蝉鸣。初夏雨霁，当最先听到从绿荫深处鸣来的几句蝉声时，是常有一种清新娱悦之感的，觉得这便是"夏的信息"了。而且那尚欠流畅的最初的鸣声，像刚在练习着试调似的，听来别有意趣。到了盛夏，当然是蝉的黄金时代了。愈是大雨之后，蝉愈多，愈是太阳灼热的时候，它们也唱得愈狂。而这时候，我对于蝉也就更加觉得喜欢了。

有人说，"自然之声便是诗。"这话固然有些神秘，但我却很喜欢这话，因为我正喜欢一切的自然之声。霹雳震天，诚也有点可怕，但试想狂风暴雨而无雷霆，岂不也是一个缺憾么？而荒村茅舍，五更闻鸡，则即使住在都市里面的人，有时大概也会想起这个吧。

"以鸟鸣春"，促织则鸣秋，而鸣夏者，我以为当以蝉为首选。盛夏之日，人们都热得没处可逃，而蝉则假一树之荫，而自有其清凉世界，无怪它在炎天之下也能引吭而高歌了。而尤其是当正午前后，人们都热得想睡，而正因为太热，想睡却又睡不得，这时候，一切声息便都被热气所窒，没有被窒的，只有蝉声而已。而蝉的声息，却又和着另一种声息，这声息我名之曰"热的声息"。记得在什末人的小说里，曾经描写过夏天的原野，说有一只什末虫在野地里飞着，它想唱，但太热了，唱不得，遍野里响着热的声息，humming，humming，到处是humming，这humming弄得那虫儿想睡了。太阳的热力，像下得很匀的大雨似地，用了全力向大地灌注，向到处倾泻，而这humming，大概就是那大雨的倾泻声了吧。这是一支夏的欢奏曲，而蝉的鸣声则作了这曲的最高音。这曲，尤其是蝉声，使人听了觉得寂静，静得古怪，好像人已不在这个天地之间了。那是蝉声，然而人会忘记了那是蝉声，而只以为那只是炎天下的一发自然之声而已。

像鸽笛之于清秋，蝉声之于炎夏，也是最和谐不过的了。

我喜欢蝉，并不只为了它能鸣。蝉的生活，也很能引起我的兴趣。小时候住在乡下，是和蝉最有缘法的。

乡下人对于蝉的出生，据我所知道的，有两种说法。有人说，蝉的幼虫是从"屎可郎"变来的。屎可郎是一种很可笑的甲虫，色黑，能飞。一种较大的如枣，生在土里，但一嗅到地面上有人畜的遗粪气息时，便从土里钻出来，因为这虫的嗅觉是特别敏锐的。有时，它也会飞到人们的家屋里，嗡嗡地绕着灯火狂飞。另一种，形体较小，也是在粪里生活。每当秋后，便常见它们在野道上作滚粪球的游戏。两个屎可郎同滚一个栗子似的粪球儿，把粪球滚得浑圆浑圆，也不知道那用意究竟何在。有人说，也许那便是它们的性生活，说不定那粪球里面就有着它们新生的幼虫。总之，这两种屎可郎都是很脏的。因为蝉的幼虫也是出自地中，而在形状上与这两种虫又有些相似，于是有人便以为蝉是屎可郎的后身了。

另一种说法，则以为蝉有蝉的卵子和幼虫，绝不是从什末别的虫类变化而来。秋天以后，我们常着见树枝的嫩梢——尤其是桃树——有些是先已枯死了的，折开看时，则见死枝里面有一种卵子，白，小，状如虮，据说那便是蝉的卵子。据说直到明年春天，雷鸣惊蛰时，这卵子便被春雷震落，又深深地钻在土里了。所以蝉的幼虫，又名为"雷震子"。春天来，是"出树"的时候了，须掘地五六尺深，才能将树根掘出，把树身放倒。就在这掘树的深穴中，常常有一种幼虫可以被发现，颜色嫩而白，因为落地的久暂不一，形体的大小也不同，头尾蜷屈着，像一个小小的胎儿。那便是蝉的幼虫。到夏天，有的幼虫已经长成，大雨之后，便常见有手指样粗细的洞穴，在树林下，在野道边，幼虫于傍晚时从这种洞穴里钻出，既又寻到了树株攀缘，一直升到树身的高处，在一夜之间，便已脱壳而为蝉。清晨早起的人，还可以看见有刚才出壳的新蝉伏在它的壳背上，颜色是白的，翅子的边缘则稍带绿色。等太阳上升了，蝉由白色而变为黑色，便成为能飞的蝉，而且是能鸣的蝉了。

从这样的过程看来，蝉岂不是一种极洁净的虫，似乎与那被误认为是蝉的先代的可郎君，的确是毫无关系的了。因雷震而落地，在地下潜养了很久很久，到重来此世时，却又脱壳升天，这时，彼乃饮风餐露，登高赋诗，我的乡里人们，常把蝉的幼虫呼作"神仙"，的确也是很有道理的。其余如把它呼作"蛸蝉由""蛸蝉狗"之类，却都不见佳。又，中国药书中称蝉壳或蝉蜕为"金牛壳"，大概蝉的幼虫也可以称作金牛吧，因为它身上原是披挂了金甲的。然而这个名称也依然没有"神仙"二字好，我以为。

虽然我自己并未吃过，据说蝉的幼虫却是可以炒食的。所以每到夏天的傍晚，孩子们往往成群结队地到树林里或野道旁边去摸"神仙"。有时，"神仙"已爬到树上去了，便用了长竿去打取。有时它却正在地上爬行，找寻可以攀缘的东西，孩子们便随地将它捉起，不是捉，那简直是拾，因为"神仙"们并不机警，见有人来捉它们，却也并不知道设法逃跑的。此外更有些孩子是很乖觉的，当"神仙"尚未出土时，他便用手指把它从地里挖出，因为"神仙"出土的地方，据说却早已有着一个很小很小的洞口。固然，捉了"神仙"回家，是要预备佐膳的了，但有时，也可以把"神仙"们放在蚊帐里，一夜之后，蚊帐里便到处有着已经脱壳的蝉在那儿来来往往地爬着了。

"神仙"虽已经脱壳升天，有时却也难逃过孩子们的恶作剧。据说南方的小孩常用胶类黏蝉，我却未之见过。我所知道的是套蝉。方法是在长竿的一端用一丝马尾或马鬃结作活结，冷不防，把活结向蝉首上一套，蝉正要飞起，却已经给活结拴得紧紧的了。在这当儿，蝉是很窘的。

　　"神仙"出土的愈多了，树枝上有蝉壳也就愈多。孩子们常常带了长竿，携了竹篮，到树林里面去拾"神仙皮"。"神仙"的皮原来也可以成为一种货物。夏天将近完结的时候，便有人担了很大的席篓，到各村里收买蝉壳。"买'神仙皮'呀，买'神仙皮'呀！"这样地呼喊着。此外也有担了泥人，芦笛，刀竹，或针线火柴之类的东西来交换蝉壳的，这便更是小孩们所喜欢作的交易了。他们也都知道，"神仙皮"被收买了去，是用来配制眼药或配制金颜料等等物事的。

　　然而蝉却到底是夏天的虫，春天刚去，便可听到蝉的清唱，而秋天刚来，蝉声也就渐渐地休止下去了。在秋天，我们常见有已死的蝉，且已是遍体生霉，由黑色几乎变成了青苔色的，却仿佛还在做着他们炎夏的好梦似地，依然在那里紧抱着一节已经凋敝了的木末。而这样的寂灭，却也还算得起是一种和平的归结。另外有一种归结，却往往给秋景秋声作了可哀的陪衬，那便是当凄风冷雨时，却犹有唱不成调的蝉在鸣，而有时，却更可以听到一只垂毙的蝉为西风所吹，于是竟"啪嗒"一声从树上落了下来，跌在地上，却还在努力着想飞，想爬，也许还在努力着想唱吧，而事实，却只有追随了落叶乱转几个圈子，然后才歇在什末地方，这才完事了。人们在这时候，便知道时令是已经到了深秋了。

　　这里我想谈起另外一种蝉。那一种，比较可以多活几天，却正因为它出生也较晚。它们形体较小，脊背及翅叶上均有花纹，名称是因了鸣声而得，叫"知了"。不过也有称作"暑了"的，大概就是指言暑天已了的意思吧。唱了最初的夏的消息的，是蝉，而知了，则也可以说是秋的消息的歌者了。乡里有歌曰：

"知了知了。

四十天要棉袄。"

据云，自听了知了鸣声的四十天以后，天气变寒，是应当改穿棉袄的时候了。我也很爱在凄静的秋的黄昏里，细听那一起一歇的知了的鸣声。

（选自商务印书馆1936年版《画廊集》）

天　鹅

　　这是一个美丽的湖，湖水清且深。因为水面上生着白蘋，所以就叫做白蘋湖了。湖的西面是一连青山，从山上吐出一道溪水来，这溪水横穿过湖心，又从湖的东端流了出去，所以湖里的水是永久不涸的，并且有许多鳟鱼能在这湖里生活。湖的周围是绿的树林和草地，没有孩子们到这里来吵闹，也听不到火车或摩托的叫嚣。这里的空气是和平的，是幽静的，就是湖上的天空也格外的蓝，格外的高。

　　一只小天鹅便住在这湖上，不然，宁可以说是被舍弃了而不得不住在湖上的吧。当它还很小的时候，它的父和母便舍它而去了。究竟那一对大天鹅是死了呢，是依然活着而又迁到了别处去呢，这事是没有人能说得出的。总之，这只小天鹅是只剩下自己在这太幽静的湖上了。它思念它的父母，也耐不住这里的寂寞，虽然它曾经屡次到远方去找寻过它的父和母，也终是徒然地归来。每当它回到湖上来时，它想，也许父和母早已在湖上等它了吧，这样想着，仍是它自己个在这湖上过了冷夜。日子过久了，也依然是一样。并且每当日落西山，晚霞把湖水映得泛着红光时，它便哦噭哦噭地啼哭起来了。

　　这白蘋湖边上没有居民。只在距湖二三里之外有一座小小的庄园，那是叶谷夫人的别墅，因为叶谷夫人爱这白蘋湖，便在这里建了别墅，这别墅也就称作白蘋别墅了。叶谷夫人是有名的画家，她每年到这别墅来避暑，并在这湖上作画。

现在，叶谷夫人就住在这白蘋别墅里，她常到这湖上来写湖上的风景。每当她来到湖边时，她便看见有一只小天鹅，很快地从湖的一端向她游泳了来。游到湖边时便登上了湖岸，并跟在叶谷夫人的后面，低声啼着，好像是要求爱抚的样子。等叶谷夫人坐在湖畔作她的图画时，这小天鹅便很驯良地蹲在她的身旁，并注视着她的画稿，一直看着她把画作完。叶谷夫人，也和其他画家或诗人一样，是非常忠厚而和蔼的，对于鸟兽虫鱼也一样。她很欢喜这只小天鹅，好像她与它之间已经互相了解了似地，在这美丽的湖畔上作着一时的伴侣。每当叶谷夫人要回到白萍别墅去时，小天鹅目送着她，她也回顾着，都有着恋惜的意思。

这情形，继续了三四礼拜之久，叶谷夫人已经作了很多的图画，她因为有事不得不暂时离开这白萍湖了，并离开她的白萍别墅。然而这只小天鹅却又被舍弃在这太幽静的湖上了。它又感到了寂寞，又感到了孤独，它独往独来地在湖畔逡巡着。当晚霞把湖水映得泛红时，它又哦啾哦啾地啼哭起来了。

直等到有白蘋别墅的一个仆人到这湖上来伐取树木时，这小天鹅才又有了新的伴侣。

每当太阳高高地升起，这小天鹅便到向白蘋别墅的道上去迎接它的来客——那仆人。仆人在湖畔斫伐树木，它便在树下逡巡，并唔唔地低语着，仰着首，望着仆人的工作，好像说："仆人先生，我很乐意你同我作伴，也很乐意给你帮忙，就请你随便吩咐我什么吧。"但这仆人是个只知道用力工作的人，只听他的斧子在空中丁丁地响着，在这幽静的湖上，响得非常奇异，这响声传到远处，远处又响着回声。他有时也用了诚恳的眼睛看看这天鹅，虽然不曾说出什么，也显出了可亲的样子。这天鹅便很安心地同这仆人过着整日。

仆人工作了多日，已伐了很多树枝，把树枝都运到白蘋别墅去，他的工作完结，他也不再到这湖上来了。于是这只小天鹅又感到寂寞，又感到了孤独。它显出了十分失望的样子，常是自己个垂了头在湖边散步，或是昂了首望着那更高的更蓝了的天空。虽然每天早晨也还到那白蘋别墅的道上去迎候，但终不见那仆人的影了了。它对外面的世界又非常生疏，又不愿意也不敢离开这可爱的湖，它是被舍弃得太可怜了。每当日落西山的时候，它又哦嗷哦嗷地兀自哀啼。

但不久之后，这只不安于孤寂的小天鹅却完全变了。它好像已经长大了似的，变得非常安闲。它不再思念它的父母，不再思念那位画家叶谷夫人，也不再思念那伐木的仆人了。清晨起来，不再到那向白蘋别墅的道上去，太阳下山时候也不再哦嗷哦嗷地哀啼了。它竟能这样安于它的生活：有时候它安息在水上，能够在一个地方停留很久，有时候又不慌不忙地游来游去。它很安静，很和平，并显出了极庄严的样子。这真是一种很奇怪的变化，也是很可喜的变化，它悠然自得地过着快乐的日子了。原来它又结识了一个新的伴侣———一只鳟鱼。

这鳟鱼，常在天鹅的身边，薄着水面，它们一同休息，一同游泳，就好像连系着一个共同的生命。

我们将怎样来解释这奇事呢？———一只天鹅和一尾鳟鱼结了

朋友！这只天鹅，我们知道它是因为孤寂而苦恼着的，无疑地，它是想把它自己献身于另一个动物，陆上的也好，水里的也好，可因之求得慰藉的，恰巧，它便碰到这鳟鱼了。正如你我虽不相识，有一天也许我们就结了朋友是一样的。当这天鹅在水边寻食时，它可以偶尔把小昆虫之类的东西用翅子打到水里去，鳟鱼便接受了它这礼物而获得食品。有时，它还可以用它的嘴去触着这鳟鱼的脊背，很温和，正如同我们的握手或相抱，表示出爱抚的意思。就这样，这两个异族的动物结下了不解之缘，过着快乐的日子。

白蘋别墅的叶谷夫人又归来了，她从城市里带来一位朋友。这位友人是一个钓鱼的能手，他每天清晨到湖上钓了鱼来再治早餐。某日，他又到湖上钓鱼去了，钓鱼归来已经是早餐之后的时候，叶谷夫人接着他的渔具，他们都很欢喜，因为今天他钓得了一条顶好的大鳟鱼，但这只鳟鱼钓得来颇不容易，他说：当他们把钓放到水里去时，便有一只天鹅在那里，赶也不去。当他把这鳟鱼钓了上来时，那天鹅也紧跟了来。当他把这鳟鱼带到岸上时，那天鹅便很快地向他追着，哦嗷哦嗷地叫着，并愤激地向他捕击，扇着翅子，耸起了羽毛，昂了首向他搏斗。他说他费了很大的麻烦才把那天鹅赶走。

"哦呀！我知道那天鹅。"叶谷夫人很激动地说，"我在湖上作画时，它还和我作过伴呢。"

夏天去了，秋天来了，叶谷夫人和他的朋友回到了城市去，白萍湖上也更显得冷静了。每当太阳下山，晚霞把湖水映得泛红时，那只天鹅又可哀地啼哭起来了。但过了些日子，连这天鹅的啼声也没有了，只有那一条小河，静静地，依然是从白萍湖的一端流入，又从另一端吐出。

【附记】本篇，取材于W.H.Hudson（1846—1922）的《鸟中探险》（*Adventures among Birds*），原题为《动物中的友谊》（*Friendship in Animals*），这里所述的只是其中的一段。

（选自商务印书馆1936年版《画廊集》）

道旁的智慧

　　《道旁的智慧》（*Wayside Wisdom*）是英人玛耳廷（E.M. Martin）的一本散文集。我喜欢这书，因为他的文章是太适合于我的脾胃了。翻开本书的第一页，在书名下边有这样一句话，"A book For quiet people"。这话便引起我对于这书的兴趣。自己虽然不必属于什末"有闲阶级"，而习于安静却是事实，大概这也是弱者的特征之一，也许就有着不得已的苦衷吧，孟浪起来，或是混在热闹场中，是一定要失败的，于是不敢热闹，也就不喜欢热闹了。在玛耳廷的书里找不出什末热闹来，也没有什末奇迹，叫做"道旁的智慧"者，只是些平常人的平常事物。（然而又何尝不是奇迹呢，对于那些不平常的人。）似乎是从尘埃的道上，随手掇拾了来，也许是一朵野花，也许是一只草叶，也许只是从漂泊者的行囊上落下来的一粒细砂。然而我爱这些。这些都是和我很亲近的。在他的书里，没有什末戏剧的气氛，却只使人意味到醇朴的人生，他的文章也没有什末雕琢的词藻，却有着素朴的诗的静美。

　　玛耳廷爱好自然，也喜欢旅行。他的旅行，并不是周游世界，去观光各大都市的繁华，更不是远涉重洋，去拜访什末名人的生地或坟墓。他似乎只浪游在许多偏僻地方，如荒城小邑，破屋丛林。而他所熟识的，又多是些穷困的浮浪者，虔诚的游方香客，以及许多被热闹的人们所忘掉的居者与行者。凡此，都被我所爱，最低限度，都能被我所了解，因为我是来自田间，是生在原野的沙上的，对于那田园的或乡村的风味，我很熟悉，而且我也喜欢那样的旅行，虽然还不曾那样旅行过。

玛耳廷没有大量的作品出世，据说只有三本，而我则只读过两本，就是这《道旁的智慧》和他的一本诗集 *Apollo to Christ*。另一本不曾读到的是散文集 *The Happy Field*。在他的诗集的前面有出版者对于玛耳廷的批评，是引用了 *Country Life* 中的话：

"从主观的事实上，玛耳廷实可被称为博学者。同样，也是一个旷达的哲人。他有着容易使人亲近的风格。他的作品是爱'关怀于太阳，月亮，和星星的一流人的'，而且，也很容易使人察知他的观点，像他那样徜徉于尘埃的野道之旁，赏识了各色各样的漂泊者，除却那炫耀的电光，凶悍的摩托声，以及那发着恶臭的烟云等，因为它们搅扰了他的野游之兴，而使他感到了大大的不安。"

《道旁的智慧》里有一篇是专讲箴言的。现在择译一段，以见他的风格之一斑。

"……东方是特殊地生产箴言的地方；那些图画似的智慧之零星，是永久贮藏在人的记忆里，就像骆驼之贮藏了水，为了它们长远而寂寞的沙漠之旅行。在那里，生活是悠闲的，安定的，而且又是纯朴的，人们都有沉思的余暇；他们能看到他们自己的灵魂之深处，并试着去学得旅途的神秘，从静默到静默，这就是我们所谓生活这回事；因此，东方人的箴言，大多数，对于我们西方人的耳官是不甚熟悉的。鉴赏太阳，月亮，或星星，静聆风的歌唱，听自然在沉默中低语，她的纤细的语声透过了大地的温馨，树叶的颤动，或是流水的清响，凡此，比之于已经写成或尚未写成的著作，都是更好的教训。而且，当漫游于道旁时，这些智慧方被赐与，赐与那些伐木者，取水者。赐与那些有心肠的乞丐，以及那些终生祈祷并默想的圣徒，这些，在我们的愚昧中，通常是称为游惰的。

"大概，在所罗门（Solomon）的箴言中，即使有所罗门自己的创作，也一定很少，那一定是些普通人的言语，被采集了来送到了皇宫里，因为那些道旁的尘埃，使他们向着生活的真理睁开了眼睛，这生活的真理是从万能的皇帝以及贵官们躲开，而显示给了那些浮浪者以及被摈弃者的'水中照脸，彼此相符。人与人心也相对'。第一个说这箴言的人，一定是一个仆仆风尘的倦旅者，傍着他的漫不相识的伴侣，休息在庄严的岩石之荫下，当他们已经饱饮了被炎日所忘掉而不曾被晒干的潭水之后。因为当此意外舒适的良时，人将坦然地向陌生者托出了他的良心并诉说出他的思想，这思想，甚至是他宁愿对他的母亲守着秘密的。这样的话，就有着道旁的智慧之真实的声音。它们是永不曾被住在宫殿里的人们说起过的，在那里，水必须被取了去为皇室所用，虽然全世界上都渴得要死，而那些人们的秘密，又是永久保守得极其严密。"

在《道旁的智慧》里，多数是这样的文章，每一篇，都显著地表明出他的风格，其中所谈的有"老屋"，"旅行"，"独居"，"城市之烟"，"贫穷的优越"，以及其他关于乡村的或传说的景物与故事。文章都是自然而洒落的，每令人感到他不是在写文章，而是在一座破旧的老屋里，在幽暗的灯光下，当夜深人静的时候，他在低声地同我们诉说前梦，把人们引到了一种和平的空气里，使人深思，忘记了生活的疲倦，和人间的争执，更使人在平庸的事物里，找出美与真实。

另一本散文集*The Happy Field*，据说完全是描写乡村生活的。假若玛耳廷可以被称为田园诗人的话，则这书或比较《道旁的智慧》更有趣，不曾得到这书，是不能不引为憾事的。幸而由W先生的介绍，得读到其中的一篇，《篱笆道旁的荷马》。这是写一个乡村的歌者，推了Merry go round的手车，在尘埃的道上流转，在乡村的市集上读他的Chapbook，而且大胆地在他的书面上印了大字的广告："考林可劳提，乡村生活和普天下的奇事之新歌者。"国家的战争以及是非曲直等都不会使他关心，因为他知道一切大游戏，是只有最强者终获胜利，在他的诗歌里也找不出什么同情或怜悯来，除非对于那些"呜咽的骡子"和"哀号着的牡牛"，它们是既不为国家而战争，也不知道什末是光荣，而它们的哑默的英勇，是只有被考林可劳提歌咏着的。考林可劳提也不曾听到过勇敢的武士之狂吟，他却只听到了下贱的车马夫之欢歌。这种歌子是在道旁的小店里，当许多素不相识的旅伴遇到一处，传杯递盏，高谈阔论的时候所唱的，他们一次相遇之后，继而又走上各人的征途；于是我们的考林克劳提便亲手写下了那车马夫的歌子，当他又走上自己所爱的道路时。

从这《篱笆道旁的荷马》里，我们很可以看出那所谓"道旁的智慧"的基调来，而且在这篇文章里，好像玛耳廷在发明他的艺术的理论，又好像在探寻原始的真的诗之诞生。下面一段，是从这《篱笆道旁的荷马》里择译出来的，可以作为玛耳廷的艺术观，并作为本文的结语：

"真的诗歌，如同真的美，是永远不会被埋没的，纵然它是赤了脚，走在道旁的尘埃里；世间永有着无数的耳朵，为了这个诗人而听，更有着无数的眼睛，为了另一个诗人而视。就正如灵感的呼吸，它是'任其所欲而吹送着的'，并不受任何人力的驱使；而且，有多少顶可宝贵的诗歌，是没有父亲，没有母亲的。（我们不知道它们的作者。）只是一脉气息，被吹送到了这个世纪里来，就如曾经动荡在人们心里的一种声之回响，虽然没有人能给它确定一个名字！散曲残韵，第一只歌子，这在一个夏天的清晨，只为了一个纯粹的欢乐，或只是为了忧伤而歌于一个凄冷的狂风之夜，这些从一个无名者的胸中偶尔所得的收获，即使坟墓唱出了最后的薤露，即使那些知名之士的著作都被灰尘所封，或被束之高阁的时候，这些收获也将继续地生存着，至于永久。"

（选自商务印书馆1936年版《画廊集》）

怀特及其自然史

约在十年前，周作人先生曾经介绍过法人法布耳的《昆虫记》，并说："也希望中国有人来做这翻译编纂的事业，即使在现在的混乱秽恶之中。"也许正因为直到现在依然是在混乱秽恶之中的缘故吧，终不曾有昆虫记之类的译著出现于中国，除却周先生自己曾写过关于草木虫鱼的文章。我常觉得这也是一种寂寞，而自己则限于能力和时间，至今还不曾读到那位"科学的诗人"的著作。不料，在无意中竟于旧书摊上得到了一本英人怀特（Gilbert White）的《塞耳邦的自然史》（*The Natural History of Selborne*），真使我喜出望外，先读了序文，又随便读了几篇本文，心想道：这大概就是昆虫记之类的文章了，只是怀特所写的范围比法布耳的更广罢了。

怀特，于一七二〇年生于塞耳邦，一七三九入牛津之奥勒耳学院，一七四三得文学学士。嗣后，虽然被擢为公费研究员，应当再住在牛津，他却于一七五五年退休到故乡塞耳邦来了，在这里，他继承了父祖的遗产，一直到他的死年一七九三，大多时间，他是住在这村子里的。有人说，他曾经作过本地的牧师，但他始终不曾实任过牧师的职位，虽然他曾经作过近于牧师的事业。他把他的精力，不少用在了观察自然上，观察所得，便写了信报告给友人，结果，就是这本塞耳邦的自然史。这书，被称作自然史（或博物学）该是不甚合宜的，因为这不是科学家的自然史，而是一个自然的爱好者，用了艺术的手笔，把造物的奇丽的现象画了下来的一部著作。

关于怀特的生平及其故乡塞耳邦，从温德耳（Windle）的序文中，仅可以找到如下的材料：

怀特是终身未娶的。他的住宅就在塞耳邦的大街上，叫做"醒斋"。像怀特所说，这村子是"被罩在一座三百尺高的白垩山下"。山上有荫郁的丛树，叫做"悬林"，怀特曾在一封信里告诉我们说，"这些山毛榉，是森林中最可爱的树，不论它的平滑的皮，光泽的叶子，或森然而下垂的枝柯。"靠近教堂，有怀特家的祖墓，也是荫在树林之下，其中最好的树是一棵壮丽的紫杉，这树周身有二十五尺之大。在村子的中央有一片地方，叫做The Plestor，或叫做游戏场，在这场中，怀特曾说过，"立着一棵古老的大橡树，有着短而粗的树身，伸平的长枝干，几乎伸展到这空场的极边去了。这棵可敬的树，被围着许多石级，石级上满是座位，是老年和少年们的乐园，在这里，常常有夏夜的集会，老年人在这里热切地谈天时，青年们便在他们面前跳跃游戏。这大树，本来是可以永久立在那儿的，如不是被一七〇三年的暴风雨把它摧毁于顷刻之间，这使得这里的牧师和居民们非常不安，后来，牧师曾捐了很多钱把树身竖起，但一切徒然，这树虽曾又一度地吐过新绿，却终于枯死了。"到被摧毁为止，这树已有四百岁之寿，据说，后来是被一棵大枫树（站）〔占〕着它的地方了。从这类简短的记述中，我们当可以想像出怀特的乡村之美，并知道，生活在这环境里的怀特是如何地关心于这些自然的事物。

关于怀特的乡村，他曾在另一封信里说道："我们同穷人们在一处，他们都是清白而勤苦的。居民们都享受健康及长寿的幸福。村子里蜂拥着许多孩子。"在给他侄女的信里，又说，"我经历了同两个可爱的少年管家在一起的便利。当他们离开我时，我觉得是大大的损失了，也没有人给我打乳酒冻来增光我的餐席了。冬天，我们这里每礼拜有音乐会，乐班里有头号和二号的四弦琴，有两架复钢琴，一支低音笛，一支咆笛（hautboy），一个小环珴琳，还有一支日耳曼笛，这颇使得邻人的猪都不安，说是惊扰了它们的清睡，它们急得把牙齿都咬歪了。"在这幅小小的图画里，可以看出当时这乡僻中的美丽的一面，人们好像都自满自足，享有很大的快乐。到一七七八年，怀特感觉到衰老之袭来了，他写信给他姊妹说，"我的屋子确是一个过冬的安乐窝，它赐与可爱的温暖。刮大风的时候，一直到烟筒很热，烟突里是很少冒烟的。最大的缺点是它发出很大的回声来，这，当许多人谈天的时候，常使我这可怜的沉耳朵觉得发昏。"以上，是怀特的生活之片断，除却从他的信里知道这些外，便很难考证他的生平了，虽然曾有一位博克蓝先生曾去造访过塞耳邦，费了很大的努力去探访关于怀特的事迹，却只得到了很少的成功。有一个村人对他说："怀特是不曾被人注意过的，一直到他死时，他死后，一切都被大家重视了。"还有一个老太婆，当怀特死时她才十一岁，"他是一位安详的老绅士。"她报告道："惯说古言古语；他喜欢周济穷人，又常养一只蝗虫爬在他的园里。"问她："那动物是不是一只乌龟呢？"她回答说："啊，我正是说这个东西。"提到这只龟，就让我先译一篇怀特的文章在这里作为个例子罢，这是曾被裴考克（W.Peacock）选入了英吉利散文选，而被题为《怀特的龟》的一篇：

"我曾经常对你提过的，塞塞克斯（Sussex）河里的那只老龟，现在已弄到我自己的手中了。去年三月里，我把它从它的冬宫里掘了出来，那时，它从蛰中惊醒，已很有力量嘶嘶地叫着表示它的愤怒了；我把它装在一支盛着土的箱子里，在邮车上被运送了八哩之遥。旅行中的急促与震乱把它吓得太厉害，当我把它移放在一个花坛上时，它一再地躲到了花园的水底去，但是，晚间的天气是寒冱的，它又只得把自己埋伏在松土里，而且继续地在里面藏着。

"既已把它弄到自己眼前了，我就更有机会去详细观察它的生活和习性的情形；而且，我已经看出，为了将来的日子，它已在它头部附近的土里掘开了一个喘气的地方，据我想，因为它变得更有生气些了，便不得不需要更自在的呼吸。这种动物，不但是从十一月半至四月半之间是潜伏在地中，就在夏季也大半是睡着的；因此在白昼最长的时候，它下午四点钟便已就寝，一直到次日清晨，很晚很晚了，还丝毫不动。而且，每当雨天，它便隐藏起来；在阴湿的日子它总是不动。

"想到这种怪东西的生活状态，那真是一件很可惊异的事：上天竟赋与了一个爬虫这样多的虚日，仿佛是这样的一种长寿的荒废①，把三分之二的生存都浪费在了沉酣的昏迷中，一连多少

_____

① 作者自注：据云，龟为一切动物中之最长寿者。

月都在最浓的睡眠里丧失了一切知觉，使它简直尝受不到什么长寿的味道。

"我在写这信的时候，寒暑表五十度的一个潮暖的下午，出来了一大群壳螺（Shell-snails）；而且，适达其会，这只龟也翻开土来，把头昂起；次日清晨，好像被鼓舞了似地，它从死里醒转过来了；走来走去，一直到下午四点。这真是一个奇怪的巧合！一次很有趣的际遇！得看到这两种'荷宅者'之间——因为希腊人是这样称呼龟和壳螺的——竟有这样极相似的感觉！……

"因为我们常把这东西看作卑劣的爬虫，于是我们就很容易轻视它的能力，忽略了它的本能的力量。然而，事实上，像颇普（Pope）说他的贵公①那样，它真是'Much too wise to walk into a well!'（聪明到绝不会走落井底！）

"而且它也很有辨别力，绝不会坠落到隐垣（haha）里；而只会以极从容的谨慎在边缘上停住或缩回。

"虽然它喜欢暖天，它却避免炎日；因为它的厚甲一经炙热之后，就像我们的诗人说坚铠那样，便只好'为"安全"所烫着了。'②所以，它把最酷热的日子都过在大菜叶的伞下，或是在一畦石竹松的波动着的绿丛中。

"在夏天它是怕热的，而在年梢呢，它却又躲在果墙

---

① 作者自注：指颇普所译贺拉西（Horace）中的一个虚拟的人物。
② 作者自注：见莎士比亚的《亨利第四》四幕五场三十一行。——以上俱巴尔斯顿注，见裴考克的英吉利散文选。

（Fruit-wall）的反光里，以改善微弱的秋阳①；虽然它永未曾见过那些可以接受到更多温暖的倾斜向天际去的那些大平坡，它却能把它的甲壳斜倚在墙上，以收敛并接受所有的薄光。

"可怜的是这受难的爬虫的境遇；被拘束在永不能卸掉的，一套笨重的铠甲里；像那样，我们想，一定是把它一切事业的活动与志向都给阻碍住了。但有一个季节（通常在六月初）它的愤发也是很可注意的。那时，它跷企地爬着，早晨五点钟便行动了起来，在园里爬来爬去，留心到垣墙的每个小门和隙缝，如果可能，它怕就要从那里逃了出去；而且，常常地出乎园丁的意料之外，它竟游荡到很远的地方去了。驱使它这样到处奔波的动机，好像是属于爱情一类的；它的想像，那时就变成了志在性的交接上，这使它不再像日常那样庄重，而一时地，实忘记了它平素的严肃的举止。"

在怀特的自然史里，都是这类的文章，不但其中所记述的事物可喜。他的文章中所特有的那种风趣，也很是令人感到亲切而愉快。还有，在他的自然观察之中，最有趣的是关于鸟的事情。譬如鸨鸟，在英国的鸟中是最大的，却又是最小胆的一种，鸟中之最小者是金顶鹪，虽小，却颇大胆，非等你走近它三码之近，它是不会惊动的，而号称为最大的陆禽的鸨鸟，却非于多少佛郎（Furlong——八分之一哩）之外，不敢见人。又有一种戴胜鸟，是顶上有华丽的冠，这冠是时时直竖着的。怀特说，"在这里最

---

① 作者自注：多少年前，曾出版一本书，书名《斜向天际的改善了的果墙》，在这书里，作者预计的结果，较之在直立的墙上，在这样的果墙上是可以照到更多的阳光。——基督教知识增进会版本的注。（案——果墙大概是一种斜墙，前面植果树或花木之类，以御寒迎日。）

不易见的是一对戴胜鸟，它们于数年前的夏季里曾经来过，就在我这园的附近，它们找定了一片可爱的平地，一连住了数星期之久。它们常庄严地步行，每日在路上寻食数次，而且，好像要在我的巷口上孵卵了；但村里的野孩子们尽惊吓它们，使它们永不得安息。"就在这类的记述中，也清清楚楚地表明出了怀特的性格。他观察他所见到的草木鸟兽，就像观察他自己的同伴一样，而且，他也像爱他的同伴那样爱他的草木鸟兽，于此，我不能不想起何德森（W.H.Hudson）所说的话来了——何德森也是一个像怀特样的学者——他在他的《鸟与人》一书里，谈到了怀特的故乡塞耳邦，并谈到了怀特的书简（怀特的书是以书简集成的）。他说怀特的人格便是他的书简之主要美点，并说怀特这本小书之所以能永久使人爱读，并不是因为这本书小，或是因为这书里的事情有趣，主要的，却在这书的本身便是一件极可爱的人格之记录。真地，虽然我们读不到一本怀特的传记，我们无从考知他的生平的详细，但从他的著作里，我们已可以活现地看出一个可爱的怀特来了。

当然，在怀特的自然史里的记录是不免有些错误的，但其中有价值的部分却确已成了科学知识的材料之一部。再者，他的简练优美的文章风格，以及他的时代生活之画图，使得他的著作成了一部永世的乡土文学。它是有着文学作品的最重要的功能的，它能给人以美的启示和新奇的感印，它给与读者一种有力的刺激，使读者也愿意亲身到野外去，像作者那样去领略自然，去观察有心人所能看到的造物之奇丽。就是怀特的工作态度，也是值得令人钦佩的，第一，因为在当时还没有人注意到这些田野的事物，研究这些没有实际用途的草木鸟兽，是不会令人重视的，甚至被人家指为疯狂，遭人唾骂，然而怀特竟坦然地自辟蹊径，受了高等教育，却甘自作了一生草木鸟兽的事业。第二，在他的工作的动机和方法上，比起科学者来，他却是宁可以被称为游艺者的，因之，他的工作也许会被专门家所忽略，然而却最有益于初学者，因为他的著作使人忘却了科学之呆板无味，所得到的却多是田园的诗趣，无形中，却又把人引到了科学的园地去。

最后，另有一点点意见，是特为要贡献给某一部分朋友的：

有一位久病的朋友曾对我说过这样的话，"在文学的世界里，已被人发掘穷困了，想得到更多的宝藏，还是转到科学世界里去吧。"这样话，自然是有着语病，甚或是完全错误的，然而转到科学世界里去发掘更多的宝藏，却是一句有用的口号，因为，对于现在的中国，现在的中国青年，这样话还该说了再说。然而，想使一个青年对于科学有深切的爱好，并不是一件容易的事，假如有人已经在某种歧途里沉迷了，想要使他恢复了健康的脑筋，再来干点科学的功夫尤其困难，于此，像怀特的或法布耳的一类著作该是很有用了吧，总比为了锻炼脑筋而每天练习多少几何题为有趣些。所以，我愿把周先生介绍昆虫记的话来重说一遍以作本文的结语："也希望中国有人来做这翻译编纂的事业，即使在现在的混乱秽恶之中。"

【附记】——本文所根据者系万人丛书本《塞耳邦的自然史》。牛津及Grant Richards的世界丛书里也有这书。最近，又得到一册伦敦基督教知识增进会的插图本，图均精细生动，惟内容则似稍有删节。

（选自商务印书馆1936年版《画廊集》）

何德森及其著书

喜欢何德森（W.H.Hudson）的书，是在他的《鸟中探险》一书里，偶尔读到了《动物中的友谊》里一段鱼鸟相亲的记载，而引起的。

在《动物中的友谊》里，何德森记述了各种友谊关系的事实，如马与马，鸟与鸟，女人与狼，以及其他动物交相友善的事，这鱼鸟相亲的故事我觉得特别有趣。而且也不觉得有背常理。记得在何德森的另一本书里（大概是 *A Book of Naturalist*），曾有过羊与狗，小孩和羊作朋友的记述，并特别有一段记述作者自己曾经和猪作过朋友的事，题目就叫作《我的朋友，猪》。

何德森共有著书二十四卷，普通常见的是现代丛书里的《绿宫》（Green Man Sions），这是一本想象的小说。然而我却总觉得他不是长于写小说的人，虽然高尔斯华绥在给《绿宫》所写的序文里，曾把作者推崇为当时最杰出的作家，其实，像作者的其他作品一样，在这书里也只是充满着美丽的片段罢了。他爱好自然，并旅行各地，把所见所闻的自然界的诸种现象，尤其是鸟兽虫鱼之类的生活，都用了极素朴的文字，作了如实的记载。此外，与自然界最接近的，如乡村的，僻野的，农家牧夫们的生活，也占了他的著作的一大部分。

有人说，何德森的文章并没有特殊的风格，然而这"没有风格"，也就是他的风格了，因为他不像专以文章技巧为能事的人，而只是以极清丽的笔记述了实事实物，他自己又是极富于想像，并极其敏感的人，随时随地，我们总可以领略到，他是用了诗人的感觉来体会自然，并以泛爱的精神来观察一切；虽然他的文章，有时候显得有点零乱琐细，却于不知不觉间就会令人喜欢着了。在他的另一本书《鸟与人》里，有一篇谈到了怀特（G.White）的故乡塞耳邦（Selborne）。——作为自然学者而论，何德森是怀特的后继者之一，他曾经亲自去拜访过怀特的故乡。并谈到了怀特的自然史。他说，怀特的人格，便是他的著作的主要美点，那一本小书之能够永久地被人喜欢，并非因为书里所记的事情特别有趣，主要的，却因为那书的本身便是一件极可爱的人格之记录，何德森论怀特的这话，我想，也就很可以再转赠给何德森自己了，因为在他的著作里，我们也总能感觉到这一点：许多事物，可以说是和我们没有多大关系，然而经他的亲切的家常话一说，一切也都成了家常中的亲切事物。曾经为了要保护某地方的鸟族，而和官厅打过许多次麻烦，又曾经和猪作过朋友，这里的人，也就是一个很可爱的人物了，曾经载在*London Mercury*里的，H. J. Massinghem论何德森的话，说得很好：

"在自然中，没有任何一件他所看见过，所描写过的东西，而不是他所实际感到的，而且，在他的最素朴，最正确的，关于山水的，鸟类生活之一片段的，或是关于自然之形形色色的某些刻划的表现中，是有着一种感情的优美与风度的，这，不但使我们看到了他所感到的，或感到了他所看见的，而且，也看见了，并感到了他的人格，一如他所描写的事物，是那样的清楚而切实。"

据G. F. Wilson所写的何德森小传所说：何德森于一八四一年生于阿根廷之倍诺斯爱勒省，幼年，就住在阿根廷大草原的他父亲的农庄上，周围远近的地方他都旅行过。在《拉巴塔的自然学者》，《巴塔奇尼亚的闲日》，以及《远方与远古》诸书里，就写了这一期的生活。一八七四年从南美到英国，从此就不曾再回到故乡过。一八八五年《紫地》出版，可以说是他的事业的开端。中间，虽然曾经受过各种学术团体的奖励，并曾为了鸟属保护，参加过皇家学会的会议，但他的著作是依然不甚被人注意的。

又，在何德森的《小物事中的旅行者》一书之前，E.Garnett所写的《何德森的精神》一文里，有这样一段话：

"在我所知道的一切作家中，何德森是最不关心荣誉的一个人。在伦敦，他曾经吃过多年的穷困孤独之苦，当时，他的工作之所得，几乎连一个扫烟突人的工钱也不如，生活的失败，给了他很深的痛伤……及其成名之后，他的生活却依然非常清苦，而且依然不为荣誉所动。"

一九二二年八月，这位可爱的自然学者，过了一世清苦日子，作了许多不被人重视的工作，在一个和平中与世长辞了。

（选自商务印书馆1936年版《画廊集》）

《画廊集》题记

虽然到现在也还不知道自己应当干什么才好，然而自己却早已确实地知道，无论如何，我是一个不应当弄文章的人了。这两年来偶尔写下了几篇小文章，实在都是弄着好玩的意外收获。常见小朋友们在墙上用粉笔记下一些不完全的人物名字，或是画出了什么不像样子的物事，我想，我的文章也只是这一类的东西罢了，不同处，只是这些小朋友的作品没有人替他们搜集起来。

经过了颇长的时间，而留了下来的却只是这么寥寥，而且又是这么芜杂的一点结果，是这本《画廊集》。

最初，我曾经把这本集子题做"悲哀的玩具"，因为集子里有题做《悲哀的玩具》的一篇东西，而且我又很爱惜这个名字的来历。日本的歌人石川啄木，在他论歌的一篇文章里结束道：

"我转过眼睛，看见像死人似的被抛在席上的一个木偶。歌，也是我的'悲哀的玩具'罢了。"

啄木是一个抱有社会思想的歌人，不幸为穷病所苦，只短短地过了二十七年的忧郁的日子，便了结了他的一生。死后，他的友人替他编印歌集，就用了《悲哀的玩具》作为集名。

我喜欢这个名字，又喜欢啄木这人和他的作品，便有了借用这个书名的意思。

　　但过了些时，我又觉得我这个集子应当用"无名树"这个名字了。集子里有一篇《无名树》固是原因之一，此外可还有什末原因呢，我自己也不大明白。勉强来说，我大概很喜欢我窗前那棵不知名的树吧，我在这个窗下坐过了五六年之久，这棵树似乎在我的梦与醒之间作着一个永久的标帜，不论它是在初春萌发，或是当黄叶飘落，而它那永久挂在枝端的干翅果，每每因风而发出如雨的簌簌声，这个乃常是我的忧愁与快慰的引子。我爱这棵树（我也爱其他树），树以"无名"名之，而又将以此树名名吾集，实在也就等于说这本集子本无什末名号，又何必另寻什末名号呢，于是便一度决定用"无名树"。

　　终于不曾用"无名树"，也不用"悲哀的玩具"，而另用了"画廊集"者，是自从把《画廊》一篇小文章加入之后才决定了的。"画廊集，一个好听的名字。"首先是我的一位先生这末说过。一直到了现在，我才更觉得这确是最适合于我这集子的一个记号了：像我所写的那个荒僻村落的画廊，像我所说的，那座画廊里边的一些平常而又杂乱的年画，一样的，是我这些小文章。而且《画廊》又是我比较最近的一篇东西，今后是不是还写下去呢，如果写下去，是不是会有什么新的变化呢，虽然这时候我也不大知道，然而且以这座"画廊"作为一个路程碑总是可以的吧，于是最后的决定，就是这《画廊集》一个名号了。

　　我是一个乡下人，我爱乡间，并爱住在乡间的人们。就是现在，虽然在这座大城里住过几年了，我几乎还是像一个乡下人一样生活着，思想着，假如我所写的东西里尚未能脱除那点乡下气，那也许就是当然的事体吧。我喜欢G. White，喜欢

W. H. Hudson，又喜欢写了《道旁的智慧》的Martin，我想这原因大概也还是在此。我并不是说我除此而外便什么也不喜欢，实际上是我这点乡下人的气分时常吸引着我。我知道我这个世界实在太狭，太小，而又太缺少华丽，然而这个无妨，我喜欢我这个朴野的小天地，假如可能，我愿意我能够把我在这个世界里所见到所感到的都写成文字，我愿意把我这个极村俗的画廊里的一切都有机会展览起来。虽然，我并不敢希望我的文章像那座破画廊里的年画似的，有乡下人争着买来补墙。因为我这些东西依然像小朋友们在墙上乱涂的壁画一样，自己画着喜欢，自己看着高兴也就算完事了。

另外有几篇新的东西想加入，有几篇旧的想删除，恐怕都已来不及了。尤其是其中的《投荒者》，《黄昏》，《秋》诸篇，在性质及格调上，实在都与这集子不大调和。又在《悲哀的玩具》和《父与羊》两篇里，都是写着父亲的故事，然而出现于这两篇中的却是两个极不相同的人物。在《悲哀的玩具》一篇里那个勤俭劳苦的农人，实际上是我的舅父，因为舅父"中年无子"，便把我借用了过来，这办法在我们乡间的风俗是许可的。我的幼年生活，完全是在这位勤俭劳苦，而又有点迂直的舅父的影响之下过来的，但同时我又极爱慕我那位喜欢吃酒，喜欢说牢骚话，又喜欢读陶诗的父亲，虽然我同他见面的机会并不很多。我是在这末两种教养之下生长起来的，我常觉得自己的性格中依然存着这两种性格。——偶一不慎，话又说远了，仿佛在说起了自己的身世似的，应当立刻打住。我还是赶紧回过头来谢谢我的几位先生和几个朋友吧，他们有的帮助我改订过文章，有的使我这些小文章得有一个搜集的机会，知堂先生为本集作序，尤当特别志谢。

二十四年三月二日

（选自商务印书馆1936年版《画廊集》）

平地城

　　我们是被一辆骡马大车载向去省城的路。为要当天午前赶火车，并预备在太阳落地时候到城里，冬季夜长，刚听到第一遍鸡声我们就动身了。像这样夜行，我还是初次经验。大车在黑暗中向前摇摆，车轮的工东声就觉得异样，那声音响得很远，又特别震耳。会不会惊动了什末可怕的事物吗，有时竟这样担心着。两个赶车人却不住地谈笑，"信不信呢？嗯，我问你，你信不信呢？"常听到老年人这样追问。

　　天气很冷，地面上该正凝结着霜粒吧。向远方望，只见白茫茫一团雾气。天晴着，暗蓝天空中缀着灿烂的星斗。我从未见过那末美丽的星光，那是可以分辨出各种颜色来的，紫的，蓝的，金黄的，而那些光芒又放射得很清楚，很耀眼，我几乎不敢正视那些光芒。我在几条棉被里紧紧偎缩着，心里却在想着些鬼怪的物事。有时候看见前面一片黑影，以为是走近一个村落了，走近时，才知道是一座墓林。年轻的赶车人便故意把骡马赶得快些，并把皮鞭用力地抽出特别声响。那个坐在外辕上的老人呢，则暂时也抖擞一下，并故意地大声咳嗽，这时候他们是不再谈笑了，直到走过很远很远，那座墓林已消失在雾气里了，他们的谈笑才又继续。

"你信不信！嗯，我问你，你信不信呢，嗯？"

坐在外辕上的老人又这样追问了。这老人有很多的特殊经验，话很多，而又很琐碎。那个年轻人则照例不大信服，总爱以这样的口吻作答：

"什末？什末？没亲眼见过的咱就不信。"

这却更引起老人的话题来。"没见过？没见过？"他这样反诘着。"你不曾见过，我却曾见过很多呢，年轻人什么都不服气。"于是他又举一个例子给年轻人听了。他说他年轻的时候也是终年在外边跑着，又多是行着夜路。有一次，他是赶了大车从远方回家，距村子还有三十里路就已经夜了，无论如何，非当夜赶回家去不可，他心里这样想。但天色愈黑，道路也愈形崎岖，他心里怕极了，但同时却又觉得好笑，这有什末可怕呢，便自己安慰着，壮着胆子，只好让一匹辕马任意走去。凡骡马都是生有夜眼的，他又说，所以它们才非常灵敏，并能看见人眼所看不见的东西。那时候，他一心地注视着辕马的耳朵，忽然，完全是忽然地，大车停住了，辕马把两只耳朵挺直地竖了起来，他心里立刻一怔，什末也看不清了，只像有一团黑雾立在面前。那黑雾愈增愈厚，使他觉得那简直是一堵黑墙。等不多时，那堵黑墙中间却又出了一道隙缝，且渐渐地露出了一道灰白，显然是一条正路样子，他顺着那路走去。走了很久，很久，而且非常疲乏了，在车轮的击撞声中。他听出辕马的喘吁，他用手去摸那马背，马背上已满是汗水。回头看看天空，三颗明朗的参星已落向了西边，知道已是下半夜时辰，他认定了他的方向是向东的，但计算时间就应该早到杨家林了。是啊，杨家林，他重复着说，杨家林是当地杨姓家的墓地，却又满种了白杨，一过这林，就去家很近了，然而走了一夜样子还不曾听到杨叶响。他心里跳着，也满身是汗了，直到天要发亮时，他才知道是绕着距杨家林不远的一方墓田转了一夜。

老年人说了这话，沉默了，好像在盼着年轻人的回答。但这一次那年轻人却故意不睬，只把长鞭在暗中摇着，并用野话骂着辕马。我则依然缩在棉被里，不知走了多远，或走了多少时候。最后，那个老人却又自动地发言了：

"又一次，"他喃喃地说，"也是一个暗夜。忽然，完全是忽然，我的辕马又站住了，又竖直了两只耳朵。不好！我立刻这么一喊——"

"怎末啦？是不是又遇见了什么鬼怪？"

不等老年人说完，年轻人便插进来这样问了。

"什末也没有，"老人答，"不过那辕马要撒尿罢了。"于是两个人都笑了起来。

也许是将近黎明的原故罢，我一时觉得冷不可支，两个赶车人也瑟缩得利害，坐在车前面一声不响了。大车进行得很慢，轮声也变得很钝，仿佛老是轧在软泥道上，天上星光渐稀，只是远方的雾气也还依旧。直到在两箭之远的地方忽然发现一点灯火时，那老人才又抖擞了一下，并喃喃着说，"我们已经来到平地城了。"随即打一个呵欠。

我们都向着灯光之所在张望了一番，其实，这时候已是东方发白了，且隐隐地听到鸡鸣犬吠的声音。只有少许较大的星星还留在天上，紫的，蓝的，和金黄的，这时都变成了白色。灯光亮处却不见什么城垣，只看出有些土堆隆起，忽高忽低，正像许多丘坟。我们齐声道：

"平地城？城在哪里呢？"

"平地城呢，当然是没有城啦。"老人答。"平地城就是我们的省城。"他又解释着说，接着就讲出了下面的故事：

平地城原来是有城的，——他这样开始——但现在却是没有了。在古时候，究竟是什末时候也不知道，这座城忽然搬家了，当然，只有神仙才会这样办，也有人说就是鲁班，因为鲁班是一个大木匠。只用了一夜的工大就把这城搬走，搬到我们的省城去了，妙处是一点不错。像未搬时一样，北关是北关，西关是西关，连一草一木都不曾零乱。睡觉的人们还正在好睡，清晨起来却已是乱山之中了。我们的省城不就在乱山之中吗，而且又是夹在两条东入于海的河流之间。这座城是被搬到一个下洼地方去了，就像一只船，被划到了一个港里，但那里却又时有急流泛滥之虞，夏秋之际，两河水涨，那下洼地方便真会变成一片汪洋，那只船就难免有漂流而去的危险，所以神在城南的山顶上立下一个高大的石碾，就算是缆船的柱了，那座山就叫做碾山，而我们的省城才得有一个今日。

老人又把话停住了，沉默着。片刻之后才又指着那盏愈去愈黯的灯光，说："看见吗？就是那盏灯，那就是卖油条的那人家了，他住在平地城南关。"

接着又说：

"我曾说过，不是连一草一木都给搬走了吗，只有这卖油条的人家却是给留下了。"

　　我们问这是为什末呢，他说，这原是应该搬走的，却因为他们夜里起来掌灯做活，把神灵惊动了，等到晨鸡一叫，一切都算完事。于是这人家就留在这里，并依然是每夜早起，掌起灯来做活。据说这里的地底下还蕴藏着无数的宝物，每于午夜时分放出白色的光芒，如果有人认清那发光的地方，总可以发掘出什末来的。听说那卖油条的人家就曾经费过苦心，但发掘出来的总是些枯骨朽木之类。这地方实在荒凉极了。

　　我们的大车走得更快了些，天已经完全亮了，我们陆续地遇着几个行路人，稍远处也看出几个村落。讲故事的老人向四处张望，并告诉我们许多奇怪的地方名称，以及到各处去的路程。年轻的赶车人本来已沉默了很久的，忽然又微笑着向老人问道：

　　"老伯，那些事可都是真的吗？"

　　"不真的？还会是假的吗？"老人确定地答。"你不信？不信？你不曾见过河北的曲堤塔吗？"

　　于是他又讲曲堤塔。他说，曲堤塔也是在一夜之间被神搬走的，不过搬走的只是一个塔顶罢了。"曲堤塔，任峰顶。"已经成了一句俗话，那塔顶是被搬到任峰去了，据说，那一夜还刮过可怕的妖风呢。

　　太阳上来的时候，我们都舒展了许多。远方的雾已渐渐退开，地面上漫着一层薄霜，连我们身上和骡马身上也都是霜了。结在老人胡子上的很厚的霜粒，就好像开绽着一朵雪白的绒花。计算时间，当天傍晚我们是可以赶到城里的了。

（选自文化生活出版社1946年第3版《银狐集》）

花鸟舅爷

夏天。

我从洛口铁桥搭上了下行的双桡船。时候是上午十点左右。天晴着。河风吹得很凉爽。头上虽有炎热的太阳炙晒，仍觉得十分快适。这是一段颇可喜爱的水程。船在急流中颠簸前进。夹岸两堤官柳，以及看来好像紧贴着堤柳的天边白云，都电掣般向后闪去。船上人都欣喜于遇着了一次顺风。而我所更喜欢的则是正午前后便可以下船登岸了。

"到苗家渡可还远着吗？"

"不远不远，前面那座林子就是了。"

划船人指着二里开外的一丛绿树答我。时候还不到十二点。我是等船到苗家渡就登岸的。目的地是住在马家道口的舅爷家。从苗家渡到马家道口不过三里。这三里路是在堤柳的浓荫下面走过的。计算时间，我早该到达舅爷的家了，但依然看不见我记忆中的舅家的标识。我心里焦急起来了。

沿堤一带居民，都靠了堤身建造房屋。这不但有占居官地的便利，且可利用了堤身作为房屋的后墙。故从河堤的前面看来，则沿堤均如建造了一排土楼，自然，也很容易辨识出是谁家的门户。但从堤后看来，则仅仅是高出堤面一尺的茅檐，而家家茅檐又大多数无甚区别。走在堤后的人想取了捷径以直达所要去的人家，像我这样久不归乡的人，就是一件难事了。并不是不能转到堤前去认出舅爷的家，只是愈找不到舅爷家的标识就愈想找个究竟。"莫非是走错了路吗？"这样想。心里焦急着，仍不能从那些茅檐上认出舅爷的家。

舅爷的家是有着标识的。在过去，从外边回到故乡时，我每每先从那些标识上认出舅爷的家，又每每先看了舅爷，再由舅爷伴送着回到自己家里去。

从自己最初的记忆起，舅爷家就过着非常贫苦的日子。然而就在这贫苦日月中，舅爷却永是一个快乐人。舅爷的年轻时代，我知道得不详细。据说他曾一度做过鞋匠，但究竟为了什么而不能以此为业呢，我不得而知。生有一副病弱的身体，有时又不能不靠了身体去换取一点生活之资。自家原有几亩薄田，也多半坍塌到河里去了，未曾坍塌的，也以任其荒芜的时候居多。自然，像舅爷这样人，是不能靠自己耕种来过活的了。这一半固由于他有一个懒散性子，一半也由于那条称作这个国家的"败家子"的河流的教训。（这条不能正正经经流到海里去的河水，使这一带居民都信任了他们的不可挽回的命运。）水缸里，有从河上取了来沉淀着待用的饮料。河堤空地上，有随时种植的家常蔬果。河堤两旁的树上，又有随时取用不竭的燃料。只要于高兴卖力气时出去做几日短工。就可以赚得来暂时需用的口粮了。就在这种情形中，像其他居民相仿，舅爷打发了自己的日子，并尽可能地维持了一家四口。我已经说过，我这位舅爷是一个在贫苦中有快乐的人，而他的乐趣却不仅在于他能够对付得他的贫苦。

像舅爷这样人，在生活中，照例是不缺少闲散的。在闲散中，他才有他自己享受的生活。他会以几个小钱的胜负去抹把纸牌，会用极粗俗的腔调唱几支山歌，又会坐在自家门栏上吹弄着什么唢呐。而他在日常生活中最感兴趣、最肯花费自己精神时间的，就是种种花、养养鸟这一类玩意了。他喜欢一切花，一切鸟，不但是自家的，就连人家的，以及飞在空中的，开在道旁的，他都喜欢。一只不知名的小鸟，叫着，从空中飞过了，不见了，他会仰面朝天，呆望了许久。他也会一个人徘徊在荒道上，墓田上，寻找着什么野生的花草。舅爷的自己家里当然是养着许多花鸟的。虽然花草中也没有什么值得珍惜的东西，但借了那些红红绿绿的颜色，又仗了他的细心和闲暇，把许多花草都安排在一种近于天然艺术的图案里，虽然是破屋烂墙的人家，于是也装点得极其好看了。故从河堤前面走过的人，都很容易指点出这有着小小花园的人家。至于鸟呢，当然，也不过什么碧玉黄雀之流，甚至连麻雀也养在里边。然而它们都生活得极其舒适，仿佛很乐意活在这个主人的笼中似的，叫着，跳着，高高地被挂在檐前，挂在树上，使主人喜欢，使过路人欣羡。从自己用极困难方法得来的粮米中，省俭出一部分米粒来饲养了这些鸟族的舅爷，他的快乐恐怕是我们所不能想象的了。

舅爷的庭前原有着几株榆树，满树上都戴着鸟窠。这几棵榆树的年龄恐怕比舅爷的年龄还要大些，舅爷也已是五十过后的人了。在一般贫苦人家，这样的木材是早应当伐下来换钱的，但这几株榆树却依然保有着它们的幸运。我想，这虽然也有什么风水迷信之说，但最大的原因，恐怕还是为了榆树上的那些鸟窠吧。仿佛那些喜鹊都认定了这是一个可以久居的地方，巢窠是与日俱增着，而且这也是多少年来的事情了。依照外祖母的，以及其他人的意见，这几株树也是应当伐了出卖的，当然，阻止了这事的仍是舅爷。他喜欢那些喜鹊，他爱护它们，他好像把它们当作一家人似的，在一处生活过来了这些年。"假如把榆树伐倒，岂不是拆毁了人家的家吗。"他这样说。于是这几棵树，连同这些鸟窠，就一直保留了下来。而且，多少年来，这几株树上永有红色的牵牛花攀缘，花发时节，是满树红花，远远望去，这就是一个很显然的标识了。走在河堤后面的人，也很容易指点着说："这就是某某人的家了。"我所寻找的就是这个标识，然而这个标识却永不曾找到。

等我越到河堤前面，并向人探询之后，才知道已走过马家道口有里余之遥了。再等我转了回来，到得舅爷家时，已是时近下午一点的样子。连喊了几声外祖母，都没有回答。出来迎接我的却是我的舅母。问舅爷可曾在家吗，说是已经被人家雇去做短工去了。表弟呢，说是也去同舅爷做着同样的事情。（这个表弟也不过十岁左右的孩子，怎能做得了什么工作呢，我当时这么想。）看了舅母脚上的白鞋，头上的白头绳，我就不再问外祖母了。庭前那棵榆树，连同那些鸟窠，以及牵牛花的下落，也就可以知道了。舅母告诉我外祖母过世时的情形，说一切都靠了街坊戚友们的帮助，人家都知道舅爷是一个非常孝顺的人，平日虽然困苦，却总能使外祖母不受艰窘，故人家皆乐意输米输面。一口上好棺木，是用庭前那几棵大树换来的，并说到外祖母临危的时候很想念我，盼我在外边能早早发迹。舅母一边说着，一边落泪，还要张罗着给我预备午餐。我怎能再用得下午餐呢，说一些安慰舅母的话，就自己告辞了。

到家的次日，舅爷竟为了跑来看我而不去做工了。人是老了许多，但还是那快活样子，大声说话，大声喧笑，话说不尽，仿佛懂得天地间一切事情。说话间又谈到外祖母，谈到外祖母的病状。并说："过世了，也倒罢了，养了我这样儿子，活了一世还不是受罪一世吗。"说着也变得黯然起来。又说，假如我将来能回到故乡来做些事业，很愿意把表弟托给我照顾。"希望你表弟不再像我就好了。"最后又这么说。

"舅爷也实在衰老的可怜了呢，头发都变得白参参的了。"

舅爷去后，我向母亲这样说。

"白了头发呀，却还是那么孩子气。"母亲带一点笑意说。"一辈子花啦鸟啦的，就是知道调皮着玩儿。你还不知道呢，人家竟能在那一头白参参的发辫上扎了鲜红的头绳，又戴了各色的野花，在外祖母的病床前跳来跳去，唱山歌儿使外祖母喜欢。人倒是一个有心肠人，可惜命穷，也就无可如何罢了。"

（选自文化生活出版社1946年第3版《银狐集》）

老渡船

　　我常想用一种最简单方法记述一个人。但是每当我提起笔时，就觉得这是一件难事。其初，我认为我可以用一个故事作中心，来说明这人的性格和行为，但计划了很久却依然构不出一个故事，这是一个没有故事的人物。这人与一只载重的老渡船无异，坚实，稳固，而又最能适应水面上一切颠颠簸簸，风风雨雨。其实，从这个人眼里看出来的一切事物，均如在一种风平浪静的情形中一样，他是那样地安于他所遇到的一切，无所谓满意，更无所谓不满意，只是天天负了一身别人的重载，耐劳，耐苦，耐一切屈辱，而无一点怨尤，永被一个叫做运命的东西任意渡到这边，又渡到那边。若说故事，这就是他的故事，此外再没有什么故事了。他在这种情形中已渡过了五十几个春秋。将来的日子也许将要这样过去的吧，他已经把他那份生活磨练得熔进他的生命中去了。

　　然则用一种职业来说明这个人又将怎样呢，这个却是更难的办法，我根本就不能决定他做的是什么职业。他是一个儿子的父亲，一个妻子的丈夫，另有一种关系，我就不知道应如何称呼，或者勉强可以说是他妻子的朋友的对手吧，——他那妻子的朋友是一个跑大河的水手，强悍有力，狡黠伶俐，硬派他作为对手，他恐怕太不胜任了。此外呢，最确实的他还是一个伙伴的伙伴。他那伙伴是一个铁匠，当然他也就是一个铁匠了，但是又决不是他的专门职业，何况他在打铁的工夫上又只是帮人家去打"下锤"。比起打铁来，他还是在田地里为风日所吹炙的时候居多吧，他有二亩薄田，却恰恰不够维持全家的生计。

他的家庭——在名义上他应当是一个家主，为尊重人家的名义起见，我们还不能不说是他的家庭。他的家庭是在一种特殊情形中被人家称作"闲人馆"的，在一座宽大明亮的房间里，有擦得亮晶晶的茶具，有泡得香香的大叶儿茶，有加料的本地老烟丝，有铺得软软的大土炕，有坐下去舒舒服服的大木椅。在靠左边的那把椅子上坐落下来的时常是他的妻子，那是一个四十左右的女人，有瘦小身材，白色皮肤，虽然有几行皱纹横在前额，然而这个并不能证明她的衰老，倒是因了这个更显出这人的好性情，她似乎是一个最能体贴人心的妇人。她时常用了故意变得尖细的嗓音招呼："××，××"——这里所做的记号是那位主人翁的乳名，为了尊重人家名字起见，恕我不把他的真名写出。假如在这样的招呼之下能立刻得到一声回答，接着当有"给我做这个，给我做那个"之类的吩咐。但她也绝不会因为得不到一声回答而生气，因为她知道，她的××不是去做这个就是去做那个了，不然就是到田里去了，田里是永有做不尽的工作的，再不然就是到河上去了。是的，到河上去——这一来倒使我发觉我的话已走了岔路，我原是说那座屋里的情形的。我已说过，左边那把木椅上是他妻子，那么右边呢，一定是那位水手了，不然，那位水手老爷是一个怪物，他在船上掌舵时是一个精灵，他回到这座屋里来便成了一个幽魂，他是时常睡在那方铺得软软的大土炕上的。他不一定是睡，他只是躺着，反正有人为他满茶点烟火。除非他的船要开行，或已经开行了，他是不常留在船上的，他昼夜躺在这儿很舒服，他也时常用了像呓语一般的声音吩咐那个主人："到河上去，到河上去。"他又是一个能赚银子的英雄汉，他把他在水上漂来漂去所得的银子都换成这个女人身边的舒服了。话又要岔下去，还是回头来再说这座屋子里的情形吧，这屋子里是不断地有闲人来谈天的，就是在乡间，虽然忙着收获庄稼，或忙着过新年时，这屋子里也不少闲人来坐坐——这就是被称作"闲人馆"的原因了。这里有着不必花钱的烟和茶，又有许多可高可低的好座位，至于义务，则只要坐下来同那位水手或女人闲谈就足够，譬如谈种种货物的价钱，谈种种食品的滋味，有时候也谈起些远年的或远方的荒唐事情。

他的裁缝儿子是一个二十四五岁的年轻人，高大，漂亮，戴假金戒指，吸小粉包香烟，不爱说话，却常显出一种蔑视他人的神气，而他所最看不起的人也许就是他的爸爸了。然而他总还喊爸爸，譬如他把人家的新衣完成了，他说："爸爸，给某家某家送衣服。"于是爸爸就去送衣服了。这位裁缝是很少在家里过日子的，他有这么一份手艺，使他能各地找住处，寻饭食，并使他穿一身时髦衣服，他在这个家庭里不能安心久住，固然尚有其他难言的原因，而他有了人所不及的一派身份，也是重要的原因之一吧。说起衣服，我们无妨顺便谈谈那位家主的穿着。其实说起来也很困难，这还有什么可说的呢，你让他穿了好衣服去干什么，反正他又不能骑马去拜客？他天天同灰土搅在一块，同煤烟熏在一起，他自己又是闲不得的人，他最能利用时间，别人吩咐着固然肯干，别人不吩咐也会自己拾起工作来，如没有什么事可做时，他可以肩一个粪篮到处走走，或到各处拣拾些人家舍弃的东西，如半截铁钉，如破烂绳头，如瓶口碗底草鞋底等。他的儿子和妻子也许不喜欢他这样，然而他总是这样，他们也许嫌恶他污秽，然而不污秽又将如何？有爱同他开玩笑的人说道："××，你看你这脏样了，你看你这身破狗皮，人家要信你是裁缝儿子的爸爸才怪呢！"他的回答是黝黑的脸上一堆微笑，和一声有意无意的"嘻嘻"。

我几乎忘记谈起他做铁匠的事情了，现在就让我来补述一下。他是铁匠，他当初也许立志要把打铁当作安身立命之道的，然而不幸，他的职务却老停在抡下锤和拉风箱上。他的伙伴倒是一把好手，左一把钳子，右一把小锤，能打造一切铁的家具，使这一带人民觉得他是少不得的一个师傅。他们的工作地点就在本村，而且也不是每天生火，除却五天一个市集是必然的工作日子外，五天之内也许有一两次听到他们叮叮当当地敲着，只要听到这叮叮当当的敲打声，人家也就陆续送来锄头犁头之类的东西。当然，他们两个赚得钱来只能劈一个四六份子，十分之四是做了"闲人馆"的小花销了。后来不知因为什么，这位掌钳子的师傅忽然瞎了一只眼睛，生意自然不如从前兴盛，但隔不过十天八日，也还能听到他们叮叮当当地敲着。又过不多久，这位一只眼睛的师傅居然不再管他的下锤伙伴，自己钻到土里睡觉去了，于是抡下锤的工作再也无法继续，这村子里也不再听到叮叮当当的响声了。

怎么，我写到这里忽然觉得难过起来，我真是为了这位"闲人馆"的主人感到荒凉了。你看，你看，他不是又从那边走来了吗，背上不知负着一大捆什么东西，沉甸甸的。现在我说他老了，可不是故意玩笑，是真的，他在我的眼里变得愈来愈老了。我很惭愧，我不该当这时候就把他介绍给世人，假如那位裁缝少爷也能读到这篇东西，一定再也不来承做我的新衣了，且有被他辱骂一阵的危险。我说这老人像一只"老渡船"，也是随便说的，我只是一想到他时，就想起他妻子那个水手朋友，于是便联想到一只船罢了，请大家千万不要以为我给这个老人起了诨号，便跟在背后叫喊。你看，他负了一身重载已从窗前走过了。

二十四年五月

（选自文化生活出版社1946年第3版《银狐集》）

柳叶桃

今天提笔，我心里有说不出的奇怪感觉。我仿佛觉得高兴，因为我解答了多年前未能解答且久已忘怀了的一个问题，虽然这问题也并不关系我们自己，而且我叫以供给你一件材料，因为你随时随地总喜欢捕捉这类事情，再去编织你的美丽故事。但同时我又仿佛觉得有些烦忧，因为这事情本身就是一件令人不快的事实。我简直不知道从何说起。

说起来已是十几年前的事了。那时候我们为一些五颜六色奇梦所吸引，在×城中过着浪漫日子，尽日只盼望有一阵妖风把我们吸送到另一地域。你大概还记得当年我们赁居的那院子，也该记得在我们对面住着的是一个已经衰落了的富贵门户，那么你一定更不会忘记那门户中的一个美丽女人。让我来重新提醒你一下也许好些：那女子也不过二十四五岁年纪，娇柔，安详，衣服并不华丽，好像只是一身水青，我此刻很难把她描画清楚，但记得她一身上下很调匀，而处处都与她那并不十分白皙的面孔极相称。我们遇见这个女子是一件极偶然的事情。我们在两天之内见过她三次。每次都见她拿一包点心，或几个糖果，急急忙忙走到我们院子里喊道：

"我的孩子呢，好孩子，放学回来了么？回来了应该吃点东西。"

我们觉得奇怪，我们又不好意思向人问讯。只听见房东太太很不高兴地喊道：

"倒霉呀！这个该死的疯婆子，她把我家哥儿当作她儿子，她想孩子想疯了！"

第三天我们便离开了这个住处，临走的时候你还不住地纳闷道：

"怎么回事？那个女人是怎么回事呢？"

真想不到，十余年后方打开了这个葫芦。

这女子生在一个贫寒的农人家里。不知因为什么缘故，从小就被送到一个戏班子里学戏。到得二十岁左右，已经能每月拿到百十元报酬，在×城中一个大戏园里以头等花衫而知名了。在×城出演不到一年工夫，便同一个姓秦的少年结识。在秘密中过了些日子之后，她竟被这秦姓少年用了两千块钱作为赎价，把她从舞台上接到了自己家中。这里所说的这秦姓的家，便是当年我们的对面那人家了。

这是一个颇不平常的变化吧，是不是？虽然这女人是生在一个种田人家？然既已经过了这样久的舞台生活——你知道一般戏子是过着什么生活的，尤其是女戏子，——怕不是一只山林中野禽所可比拟的了，此后她却被囚禁在一个坚固的笼子里，何况那个笼子里是没有温暖的阳光和可口的饮食的，因为她在这里是以第三号姨太太的地位而存在着，而且那位掌理家中钱财并管束自己丈夫的二姨奶奶又是一个最缺乏人性的悍妇，当然不会有什么好脸面赏给这个女戏子的。你看到这里时你将作如何感想呢，我问你，你是不是认为她会对这个花了两千块钱的男子冷淡起来，而且愤怒起来？而且她将在这个家庭中做出种种不规矩事体，像一个野禽要挣脱出樊笼？假如你这样想法，你就错了。这女子完全由于别人的安排而走上这么一种命运，然而她的生活环境却不曾磨损了她天生的好性情：她和平，她安详，她正直而忍让，正如我们最初看见她时的印象相同。这秦姓人家原先是一个富贵门第，到这时虽已衰落殆尽了；然一切地方均保持着旧日架子。这女人便在这情形下过着奴隶不如的生活。她在重重压迫之下忍耐着，而且渴望着，渴望自己能为这秦姓人家养出一个继承香烟的小人儿：为了这个，这秦姓男子才肯把她买到家来；为了这个，那位最缺乏人性的二姨奶奶才肯让这么一个女戏子陪伴自己丈夫，然而终究还是为了这个，二姨奶奶最讨厌女戏子，而且永远在这个女戏子身上施行虐待。当这个女戏子初次被接到家中来时，她参见了二姨奶奶，并先以最恭敬的态度说道：

"给姨奶奶磕头。——我什么都不懂得，一切都希望姨奶奶指教哩。"

说着便双膝跪下去了，这是正当礼法。然而那位二姨奶奶却厉色道：

"你觉得该磕便磕，不该磕便罢，我却不会还礼！"

女戏子不再言语，站起来回头偷洒眼泪。从这第一日起，她就已经知道她所遭遇的新命运了。于是她服从着，隐忍着，而且渴望着，祷告着，计算着什么时候她可以生得一个孩了，那时也许就是出头之日了，她自己在心里这么思忖。无奈已忍耐到一年光景了，却还不见自己身上有什么变化。她自己也悲观了，她自己知道自己是一株不结果子的草花，虽然鲜艳美丽，也不会取得主人的欢心，因为她的主人所要的不是好花而是果实。当希望失掉时，同时也失掉了忍耐。虽非完全出于自己心愿，她终于被那个最缺乏人性的二姨奶奶迫回乡下的父亲家里去了。她逃出这座囚笼以后，也绝不想再回到舞台去，也不想用不正当方法使自己快乐，却自己关在家里学着纺线，织布，编带子，打钱袋，由年老的父亲拿到市上去换钱来度着艰苦日子。

写到这里，我几乎忘记是在对你说话了。我有许多题外话要对你说，现在就捡要紧的顺便在这儿说了吧，免得回头又要忘掉。假如你想把这件事编成一篇小说，——如果这材料有编成小说的可能——你必须想种种方法把许多空白填补起来，必须设法使它结构严密。我的意思是说，我这里所写的不过是一个简单的报告，而且有些事情是我所不能完全知道的，有些情节，就连那个告诉我这事情的人也不甚清楚，我把这些都留给你的想象去安排好了。我缺乏想象，而且我也不应当胡乱去揣度，更不必向你去瞎说。譬如这个女戏子，——我还忘记告诉你，这女人在那姓秦的家里是被人当面呼作"女戏子"的，除却那个姓秦的男子自己，——譬如她回到乡下的父亲家里的详细情形，以及她在父亲家里度过两年之后又如何回到了秦姓家里等经过，我都没有方法很确实地告诉你。但我愿意给你一些提示，也许对你有些好处。那个当面向我告诉这事情的人谈到这里时也只是说：

"多奇怪！她回到父亲家里竟是非常安顿，她在艰苦忍耐中度日子，她把外人的嗤笑当作听不见。再说那位二姨奶奶和无主张的少爷呢，时间在他们性情上给了不少变化，他们没有儿子，他们还在盼着。二姨奶奶当初最恨女戏子，时间也逐渐减少了她的厌恨。当然，少爷私心里是不能不思念那个女戏子的，而且他们又不能不想到那女戏子是两千块钱的交易品。种种原因的凑合，隔不到两年工夫，女戏子又被接到×城的家里来了。你猜怎样？你想她回来之后应当受什么看待？"我被三番二次地追问着。"二姨奶奶肯允许把女戏子接回来已经是天大的怪事了，接了来而又施以虐待，而且比从前更虐待得厉害，仿佛是为了给以要命的虐待而才再接回来似的，才真是更可怪的事情呢？像二姨奶奶那样人真无理可讲！"

总之，这女戏子是又被接到秦家来了。初回来时也还风平浪静，但过不到半月工夫，便是旧恨添新恨，左一个"女戏子"，右一个"女戏子"地骂着，女戏子便又恢复了奴隶不如的生活。一切最辛苦最龌龊的事情都由她来做，然而白日只吃得一碗冷饭，晚上却连一点灯火也不许点。男主人屈服在二姨奶奶的专横之下，对一切事情均不敢加一句可否，二姨奶奶看透了这个女戏子的弱点，——她忠厚，她忍耐，于是便尽可能地在她的弱点上施以横暴。可怜这个女戏子不接近男人则已，一接近到男人便是死灰复燃，她又在做着好梦，她知道她还年轻，她知道她还美丽，她仍希望能从自己身上结出一颗果子来。希望与痛苦同时在她身上鞭打着，她的身体失掉了健康，她的脑子也失掉了主宰。女人身上所特有的一个血的源泉已告枯竭，然而她不知道这是致命的病症，却认为这是自己身中含育了一颗种子的征候。她疯了。她看见人家的小孩子便招呼"我的儿子"，又常常如白昼见鬼般说她的儿子在外边叫娘。你知道当年我们赁居的那人家是有一个小孩子的，这便是她拿着点心糖果等曾到我们那住所去的原因了。她把那个小孩子当作她的儿子，于是惹得我们的房东太太笑骂不得。假设我们当时不曾离开那个住所，我们一定可以看见那女戏子几次，说不定我们还能看见她的下场呢。

是柳叶桃开花的时候。

这秦姓人家有满院子柳叶桃。柳叶桃开得正好了，红花衬着绿叶，满院子开得好不热闹。这些柳叶桃是这人家的前一世人培植起来的，种花人谢世之后，接着就是这家业的衰谢。你知道，已经衰落了的人家是不会有人再培植花草的，然而偏偏又遇到了这么一个女戏子，她爱花，她不惜劳，她肯在奴隶生活中照顾这些柳叶桃。她平素就喜欢独自花下坐，她脑子失掉了正常主宰时也还喜欢在花下徘徊。这时候家庭中已经没有人理会她了。她每天只从厨房里领到一份冷饭，也许她不饿，也许饿了也不食，却一味用两手在饭碗里乱搅。她有时候出门找人家小孩叫"我的儿子"，有时候坐在自己屋里说鬼话，有时竟自己唱起戏来了，——你不要忘记她是一个已经成名的花衫，——她诅咒她自己的命运，她埋怨那个秦姓的男子，她时常用了尖锐的声音重复唱道：

"王公子，一家多和顺，

我与他露水夫妻——有的什么情……"

其余的时间便是在柳叶桃下徘徊了。她在花下叹息着，哭着，有时苦笑着，有时又不断地自言自语道：

"柳叶桃，开得一身好花儿，为什么却永不结一个果子呢？……"

　　她常常这样自己追问着，她每天把新开的红花插了满头，然后跑到自己屋里满脸涂些脂粉，并将自己箱笼中较好衣服都重重叠叠穿在身上，于是兀自坐在床上沉默去了。她会坐了很久的时间没有声息，但又会忽然用尖锐的声音高唱起来。有时又忽然显出恐惧样子，她不断地向各处张望着，仿佛唯恐别人看见似的，急急忙忙跑到柳叶桃下，把头上的花一朵一朵摘卸下来，再用针线向花枝上连缀，意思是要把已被折掉的花朵再重生在花枝上。她用颤抖的手指缠着，缝着，同时又用了痴呆的眼睛向四下张望着。结果是弄得满地落花，而枝上的花也都变成枯萎的了，而自己还自言自语地问着：

　　"柳叶桃，开得一身好花儿，为什么却结不出一个果子呢？……"

　　她一连七八日不曾进食，却只是哭着，笑着，摧折着满院子柳叶桃。最后一日她安静下去了，到得次日早晨才被人发现她已安睡在自己床上，而且永久不再醒来了，还是满面脂粉，一头柳叶桃的红花。

　　你还愿意知道以后的事吗？我写到这里已经回答了你十几年前的一个问题。"怎么回事呢？那个女人是怎么回事呢？"我现在就回答你："是这么回事。"以后的事情很简单：用那个女戏子所有的一件斗篷和一只宝石戒指换得一具棺木，并让她在×城外的义冢里占了一角。又隔几日，她的种田的爸爸得到消息赶来了，央了一位街坊同到秦家门上找少爷，那街坊到得大门上叩门喊道：

　　"秦少爷，你们××地方的客人来了。"

"什么客人，咱不懂什么叫客人！找少爷？少爷不在家！"

里面答话的是二姨奶奶，她知道来者是女戏子的爸爸。

这位老者到哪里去找秦少爷呢？他可曾找得到吗？我不知道，就连那个告诉我这事的人也不知道。

这便是我今天要告诉你的一切。然而我心里仿佛还有许多话要说。我不愿意说我现在是为了人家的事情，——而且是已经过去的事了，——而烦忧着，然而我又确实觉得这些事和我发生了关系：第一，是那个向我告诉这事的人，也就是和那秦家有着最密切关系的一人，现在却参加到我的生活中来了，而且，说起这些事情，我又不能不想起当年我们两人在×城中的那一段生活，我又禁不住再向你问一句话：

"我们当年那些五颜六色的奇梦，现在究竟变到了什么颜色？"

一九三六年一月，资福寺

（选自文化生活出版社1946年第3版《银狐集》）

看坡人

每当秋收时候，看坡人到处巡逻着。

早晨的太阳，刚刚离地丈多高，已经成熟了的黄金色田禾上，尚缀着亮晶晶的露珠儿。夜里寒气已是稍稍为暖煦所驱散，这时候便有许多肩挑子的，携篮子的，从对中出发，给各处田地中收获的人们送早餐来了。收获的人们是早已盼着他们的早餐的，故不论已经收获完了几行庄稼，远远望见自己的送饭人便都直起了腰身。他们的衣服是湿漉漉的，两只手上却是不少泥土，于是就向尚未钐倒的庄稼上用残留的露水把手洗过，再用头巾把两手拭干，便摸起了各自的烟袋和火具来。一袋烟吸过之后，送饭人已经把早餐摆开，领工头目便用了木头杓子舀起半杓稀粥，向田地上浇奠着，并向着天空祷告道：

"老天爷，收获庄稼要晴天，庄稼上场要太阳啊，

今天啊，不要刮风，不要下雨，风调雨顺，五谷丰登啊。"

当然，假如旱了很久，应当下雨而仍不下雨，那时候的祷告一定是："落雨吧，落雨吧，再不落雨就歉年了。"然而无论什么时候，只要是在田地间用饭，有人向田地上浇奠过祷告过之后，一定还要加上一句道：

"老天爷，千万莫让那个瞎东西来吃饭啊！"

　　但终究有几家是倒霉的，早也不来，晚也不来，单等吃饭的时候那个瞎东西来了。

　　这个瞎东西当然是一个瞎汉，因为名叫东子，故一般人背地里均喊他瞎东西。他虽然瞎，却做着一件非用眼睛不可的事情。他已是四十多岁的人了，他借了两个儿子的眼睛给他当作引导，作为这一乡的看坡人已有将近二十年样子。这是这一带乡村风俗：无论什么庄稼，到得将近成熟时，便由村中派出一个人来作为看坡人，这人必须不分昼夜到这一带田地中巡逻，以防备有人偷盗庄稼，因为庄稼成熟时候，是常常被无赖穷人钐去许多的。一个看坡人也一定是一个穷人，他必是自己穷得连一垄田地也没有，他才能取得这看坡人的资格，而且他必定有一种可怕的性子，胆大，诡谲，无赖而且强悍，不然他将没有方法使偷庄稼的人不敢折一支谷穗，捋一把豆角。这个瞎东西是有做一个看坡人的资格的，虽然没有眼睛绝不是看坡人的必要条件。

　　这一带人对于那个瞎东西均存一种惧怕心理，富人们惟恐他不忠于他的职务，如果得罪了这个瞎东西自己的庄稼是要吃亏的，穷人们则惟恐他太忠于他的职务，如果奉承不周，即使不曾偷，也会被扭到义坡社里去受罚。而且这个瞎东西本身就是可怕的。尤其是孩子们，总觉得这个瞎东西是一个鬼怪人物。他的身材高大，声音高亢，面目本极枯瘦，因了一双深陷的空洞眼窝，就更显得枯瘦难看。他穿一身宽大破旧衣服，也与其他算命瞎先生的无甚异样。他常用高亢声音向别人抗辩似的说话，而说话时又每每把盖着两个深洞的眼皮眨动着，同时就露出那两个洞穴中的红色内部，这个乃令人更有一种厌恶而害怕的感觉。小孩们是喜欢同瞎子开种种玩笑的，而对于这个看坡的瞎子却独独不敢。孩子们常常向大人追问这个瞎东西的来历。问他从哪里来的，问他为什么没有眼睛珠子，并问他没有眼睛为什么还能捉住偷庄稼的女人。每到收获庄稼时候，这个瞎东西便不断地在田地间走动着，于是有不少的人在田地间谈论这个瞎子的事情，人们像谈远年故事那样有趣，并时常用这个瞎子来恐吓淘气的小孩，说他的耳朵极灵敏，能远远听到极细声音，说他的牙齿很锐利，如果咬着淘气的小孩，是比较蛇蝎咬伤还更利害。

这个瞎东西就吃亏有一双好眼睛。——在田地间收获着，大家谈起了看坡的瞎子时，常有人这么说。——他年轻时候，父母俱在，家里也是有些产业的人家。自己生得聪明伶俐，漂亮洁净，只因为不曾受得好的教养，故他的聪明漂亮只帮助他在女人队伍中占了不少的便宜。方当二十四五年纪，经他自己玷污过的清白女子已有十几个之多，这是他自己承认下的事实。他一双圆大明朗的眼睛是最有诱惑性的，多少乡下女孩子都被他那双眼睛给点燃了情火。就当他二十五岁的一年冬天，他同邻近村庄中一个少妇勾搭上了。他当时年少力强，情急胆大，不论昼夜，总常到这个少妇家中走动，这件事颇为这村中青年人所气愤，其中有些是为了村庄中体面，但有些则纯粹是为了嫉恨。这个小村庄是位置在一道河堤下面，距河堤不过三里便是一道向东奔流的大河。这靠河一带人民，多数是贫极无聊，而且又赋有剽悍好斗性子，他们存心要对付这个有美丽眼睛的浪子，已经不是一日了。

正值一个飞雪的夜里，他又睡在他的情妇身边了。到得夜深时候，村中恶少聚集有十数之众，并不曾费过多少力气，便把他从那女子身边拖到了河堤上面。这时候雪片还在飞着，在暗夜里只看见漫天地白茫茫一片。本来就刮着刺骨的北风，河堤又高出地面一丈来高，风势就更显得可怕，而他却是一丝不挂地赤着身子，任着他的仇人们摆布。他有一身强健如牛的力气，他也有敏捷如猿猴的手脚，无奈寡众不敌，他又如何挣脱得开。他也曾用了撕裂开的喉咙狂呼求救，然而在震撼天地的风声中，他的狂呼也不会传到人家睡梦中去。即使有人听到，也会装作不听见的了。

"送到当官！"

"揍死他！"

"填到冰冰底下！"

其实他们已经把他打得半死了，他们却没有方法发落，于是议论纷纷了。他们大多数是赞成把他填到冰冰底下的。这条大河从这儿流过，虽不曾给这一带人民出过鱼盐利益，也不曾有多少航行方便，却时常作为这一带人民解私仇时葬人命的地方。尤其当严冬时候，两尺来厚的坚冰封住了河面，如于河面凿一个冰洞，把一个人捆了手脚从冰洞放入河内，这个遭了水葬的人便非至明春冰解河开时不能游到水面来。然而到得那时，他却早已从冰冰底下顺流而下，直达东海不知所往了。故这种方法十分安全，绝难有犯罪踪迹可寻。但正当他们已决定照这样结果时，忽然有一个人很得意地疾声呼道：

"挖掉他的眼睛！"

"对！摘掉他两盏鬼灯！"

不再踌躇，这新的方法又决定了。无疑的，他们早就恨着他那一双圆大明朗的眼睛，那是两盏鬼灯，是曾经诱惑许多良家妇女的，他们觉得只一个死还未免太便宜些，不如留给他一条性命，却叫他在黑暗中过一世困苦日子，而且他们所需要的工具也是非常方便的，因为他们身边多带有吸旱烟的火具。那时候虽已有洋火这东西流行着，然大多数庄稼人还用着古老方法：用一块火镰击打火石，使击出的火星点燃用火纸卷做的火枚，然后用火枚点燃烟斗里的烟叶。这里所用的火枚，平常是装在一支火筒内的，火筒是用一节竹管做成，竹管开口一端多削作锐利的尖劈样子，于是这火筒便是挖取眼睛的最好利器了。只消用火筒的尖劈一端对准眼珠，用力向深处一拧，一颗眼珠便脱离眼窝而落入筒中了。这个生有美丽眼睛的浪子，被人家用这方法把两盏鬼灯摘掉之后，已是昏迷过去如死人一般了。

天明之后，经他的父母央托了族中人把他抬回家来，过了不到一天工夫而他又从死里苏醒了过来，这完全是出人意外的事，这事情自然使一乡人非常惊骇，然所引起的感想却不大一致：被人家打一顿又挖掉眼睛当然是非常残忍，而同时又觉得这么一个人还会死而复生真叫人不大痛快；故事后他的父母虽曾经设种种方法以图报复，终究也无人肯给一点帮助。愁病加在两个老人身上，使两个老人不到一年工夫均相继过世去了。一点产业留给了没有眼睛的儿子，不到两年工夫，这宗产业也就顺着瞎人的手指溜了出去。这个瞎东西便开始他的困苦日子了。

瞎东西用什么方法跑到了远方，过了些岁月，学会了说书算卦，并带了一个瞎女人和一个五六岁的孩子回来，是不常听人谈到的，但这些事实已充分表现了这个瞎东西的本领。人虽已穷了，却还是一身的硬骨头，他的算命锣从来就不曾在本乡的街巷响过，这一带人也不曾聆教过他的梨花大鼓，他说在本乡本土干这些勾当是很对不起自己祖先的。以胡乱对付的方法过得一二年后，那个瞎女人又给他生下一个儿子，他自己则用了无数唇舌已取得了一个看坡人的头衔。这时候显见得他的生活更不如从前了，然而他还要说："我喜欢在坡野里跑着玩儿，可并不是为了一份口粮才来看坡。"那个从远方带回来的孩子，虽然不是他自己的种子，却如同他自己的一般，聪明，伶俐，且生得洁白端正，六七岁时，便起始为瞎东西牵一条竹马做向导，每当收获时候在田地间走来走去。等到这孩子变成一个无赖浪子，脱离一双瞎爹娘去过极不规则生活时，瞎子的第二个儿子已经能够同样牵竹马做向导了。瞎东西的身体很结实，故不怕风雨寒暑，均能不分昼夜在田地间尽他的本分。名义上是"看坡人"，而他在本分上尽力却不是"看"，而只是打听得谁人偷了人家庄稼，他便不问真假，到那人家门口拼死舍命，不经他这一闹自然无事，经他一闹则无事也就有事。时常为了一支谷穗便把一个贫穷人家累得更穷更苦。因此，一般穷人实在都怕这个瞎东西怕得利害。而有田地的人家因为没有方法且不好意思对付一般穷人，也就乐得来利用这个瞎东西了，虽然有田地的人家也同样对这个瞎东西怀着厌恶和怕惧。

瞎东西在这种情形中生活下来，而且已继续到将近二十年的样子了，可以说是没有多大困难的。他每年可以挨门敛得尽够烧用的柴薪，每年两季可以按地亩多寡向人家讨得许多粮米，这些事情多由村中管事人代他办理，而他自己还逢人就说："看坡不看坡倒不打紧，只是向街坊们求求帮常罢了。"愈是富家，他更肯用了花言巧语向人家索讨。每当收获庄稼时候，他更可过得舒服日子。他在田地间靠帮吃饭，是不但饱了他自己肚子，而且还担保了一家人不会饿饭。由他儿子作为指引、看着谁家的早餐已经在田地间摆开了，便仰着笑脸跑到谁家田地去。他明明在一处吃过了，却仍须再吃另一处。若再到别一处时，便急急忙忙说道："啊，对不起，我今早还不曾巡逻过一遭儿，顾不得吃您的饭了，就请给我几个干粮我就且走且吃吧。"这样走过几段田地，就讨得许多干粮回家去了。这个很使一些在田地间收获的人们不喜欢，他们讨厌看这个瞎东西的脸，他脸上那一双黑洞使人恶心，而人们更嫌他不洁净，嫌他狠毒，贪得无厌。然而人们也无可如何，只能于临吃饭时，向天地浇奠过祷告过后，再附带一句道：

"老天爷，千万莫让那个瞎东西来吃饭啊！"

（选自文化生活出版社1946年第3版《银狐集》）

井

今夜，我忽然变成了一个老人。

我有着老年人的忧虑，而少年人的悲哀还跟随着我，虽然我一点也不知道：两颗不同滋味的果子为什么会同结在一棵中年的树上。

夜是寂静而带着嫩草气息的，这个让我立刻忆起了白色的日光，湿润的土壤，和一片遥碧的细草，然而我几乎又要说出：微笑的熟知的面孔，和温暖而柔滑的手臂来了，——啊！我是多么无力呀，我不是已经丝毫不能自制地供了出来吗？我不愿再想到这些了。于是，当我立定念头不再想到这些时，夜乃如用了急剧的魔术，把一切都淋在墨色的雨里，我仿佛已听到了雨声的丁当。

夜，暗得极森严，使我不能抬头，不能转动我的眼睛，然而我又影绰绰地看见，带着旧岁的枯黄根叶，从枯黄中又吐出了鲜嫩的绿芽的春前草。

我乃轻轻地移动着，慢慢地在院子里逡巡着。啊，丁当，怎么的？梦中的雨会滴出这样清脆的声响吗？我乃更学一个老人行路的姿势，我挂着一支想象的拐杖，以蹀蹀细步踱到了井台畔。

丁当，又一粒珍珠坠入玉盘。

　　我不知道我在那儿立了多久，我被那种慑服着夜间一切精灵的珠落声给石化了，我觉得周身清冷，我觉得我与那直立在井畔的七尺石柱同其作用：在负着一架古老的辘轳和悬在辘轳上的破水斗的重量，并静待着，谛听破水斗把一颗剔亮精圆的水滴掷向井底。

　　泉啊，人们天天从你这儿汲取生命的浆液，曾有谁听到过你这寂寞的歌唱呢？——当如是想时，我乃喜欢于独自在这静夜里发掘了秘密，却又感到了一种寂寞的侵蚀。

　　今夜，今夜我做了一个夜游人，我的游，也就在我的想象中，因为我的脚还不曾远离过井台畔。

　　　　　　　　　　　　（选自文化生活出版社1939年版《雀蓑记》）

马　蹄

　　我不知为什么骑上了一匹黑马，更不知要骑到什么地方。只知道我要登山，我正登山，而山是一直高耸，耸入云际，仿佛永不能达到绝顶。而我的意思又仿佛是要越过绝顶，再达到山的背面，山背面该是有人在那里等待我，我也不知道那人是谁，更不知道那人是什么样子。

　　我策马，我屏息，我知道我的背上插一面大旗，也知道旗上有几个大字，却永不曾明白那几个字是什么意义。我听得我的旗子随着马蹄声霍霍作响。我的马也屏息着，好像深知道它的负载的重量。

　　夜已深了，我看不见山路，却只见迎面都是高山，山与天连。仰面看头上的星星，乃如镶嵌在山头，并做了山的夜眼。啊，奇迹！我终于发现我意料之外的奇迹了：我的马飞快地在山上升腾，马蹄铁霍霍地击着黑色岩石。随了霍霍的蹄声，乃有无数的金星飞迸。

　　于是我乃恍然大悟，我知道我这次夜骑的目的了，我是为了发现这奇迹而来的，我看见马蹄的火花，我有无上的快乐。我的眼睛里也迸出火花，我的心血急剧地沸腾。然而我却非常镇静。因为夜是暗黑而死寂的，我必须防备着惊醒到每一棵草上的露珠，和每一棵树株上的叶尖，我也不愿让任何精灵来窥探我的发现。这时天上的星星都变得黯淡了，我简直把它们忘记了，我的呼吸只能跟着马蹄的拍节——这也是夜的进行的拍节，而我的眼睛中就只看见马蹄铁与黑色岩石所击出的星光，——天上的星星都殒落了，我脚下的星星却飞散着。我别无所求，我只是在黑暗中策骑登山，而我的快乐，就只在看马蹄下的金火。

　　我乃在下意识的祝祷夜的永恒，并诅咒平原的坦荡，因为我的奇迹是只在黑暗的深山中才会发现，而我的马呢，它会为平原的道路所困死，我的旗帜也将为平原的和风所摧折。

（选自文化生活出版社1939年版《雀蓑记》）

绿

我独处在我的楼上。

我的楼上？——我可曾真正有过一座楼吗？连我自己也不敢断言，因为我自己是时常觉得独处楼上的。西北有高楼，上与浮云齐，这个我很爱，这也就是我的楼上了。

我独处在我的楼上，我不知道我做些什么，而我的事业仿佛就是在那里制造醇厚的寂寞。我的楼上非常空落，没有陈设，没有壁饰，寂静，昏暗，仿佛时间从来不打这儿经过。我好像无声地自语道："我的楼吗？这简直是我的灵魂的寝室啊，我独处在楼上，而我的楼却又住在我的心里。"而且，我又不知道楼外是什么世界，如登山人遇到了绝崖，绝崖的背面是什么呢？绝崖登不得，于是感到了无可如何的惆怅。

我在无可如何中移动着我的双手。我无意间，完全是无意地以两手触动到我的窗子了（我简直不曾知道有这个窗子的存在），——乃如深闺中的少年妇人，于无聊时顺手打开一个镜匣，顷刻间，在清光中照见她眉宇间的青春之凋亡了，而我呢，我一不小心触动了这个机关，我的窗子于无声中豁然而开朗，如梦中人忽然睁大了眼睛，独立在梦境的边缘。

我独倚在我的窗畔了。

　　我的窗前是一片深绿：从辽阔的望不清的天边，一直绿到我楼外的窗前。天边吗？还是海边呢？绿的海接连着绿的天际，正如芳草连天碧。海上平静，并无一点波浪，我的思想就凝结在那绿水上。我凝视，我沉思，我无所沉思地沉思着，忽然，我若有所失了，我的损失将永世莫赎，我后悔我不该发那么一声叹息，我的一声叹息吹皱了我的绿海，绿海上起着层层的涟漪。刹那间，我乃分辨出海上的蘋藻，海上的芰荷，海上的芦与荻，这是海吗？这不是我家小池塘吗？也不知是暮春还是初秋，只是一望无边的绿，绿色的风在绿的海上游走，迈动着沉重的脚步。风从嵌木吹入我的窗户，我觉得寒冷，我有深绿色的悲哀，是那么广漠而又那么沉郁。我一个人占有这个忧愁的世界，然而我是多么爱惜我这个世界呀。

　　我有一个喷泉深藏胸中。这时，我的喷泉起始喷涌了，等泉水涌到我的眼帘时，我的楼乃倾颓于一刹那间。

（选自文化生活出版社1939年版《雀蓑记》）

谢　落

　　朱老太太常嚷着要回家去。

　　"回家去！"哪里是她的家呢？这在她的儿子们听起来是颇不愉快的，只有她的大儿子是例外，因为他根本就听不到这三个字。

　　实在说来，她现在已经是一个无家可归的老怪物了。她已经活过了她的九十岁，她曾经以六十年的辛苦来创造一个家庭，来维系一个家庭，并使一个家庭能日向繁荣，而结果是使她的儿子们都能分得一份丰裕的家私。然而她自己呢，她自己却没有一个家了。半年以前，她还可以算是一个家庭的中心，或者说是一个家庭的主人，就如一个村子里有一座神庙，虽然那庙里的偶像并不能管理任何人事，然而全村的人民还得应时供奉，并且做起事来还得尊重神的意思。但是现在呢，据外人的说法：以为她现在也还是一位神佛，这家请她，那家请她，她再不必劳心管任何事情，而在她自己想来，她自己却变作了一盘"厌恶点心"，这家端来，那家端去，端来端去，处处讨人厌恶。不过在她各个儿子家里，她却也有所选择：二儿子家里有三个孙孙，两个孙女，而二儿自己又是一个极端自私的人，他只顾得痛爱儿女，却忘记了孝敬母亲，朱老太太是早已料到这种情形的。三儿子性情十分暴躁，又命里注定娶一个泼悍的媳妇，在这样的儿媳面前，朱老太太自然受不到什么好的待承。四儿子最年轻，并且曾经受过朱老太太的溺爱娇养，然而他放荡成性，终日长在赌博场里，茶酒馆里，他没有一点余裕的精神分派到他的母亲身上。只有大儿子，——这曾经是朱老太太最不喜爱的一个儿子，因为他最先把持了一家的财产权，也就是代替她做了一家的中心的，虽然做母亲的也认为这是应当的事，然而私心眼里也难免有些丧失权柄的悲哀。——然而现在却只有这一个儿子，还能赢得朱老太太的欢心，她说她的大儿子家两口儿倒还有人心眼儿，能知道她的寒暖，也知道她的口味，她说她在她大儿子家里永不曾听到过尖酸刻薄的话儿，也听不到敲桌子摔板凳的声音，而这些，都是在其他三个儿子家所万难办到的。在她的四个儿子分家之后，她轮流着在四个儿子家转来转去，她可以说是有四个家，而事实上她也可以说是没有家了。原定的规矩，是每个儿子供养她十天，然而有时候等不到十天她就走开，因为她在一个地方已经住厌烦了，在她心里说，就是受人家的虐待已经够了，便喊着："我要走了，我要回家去了。"这所谓家，就是她大儿子的家，因为她喜欢她的大儿子，她觉得她大儿的家还可以算是她的家，而且她大儿子家所住的房子还是她自从做新媳妇时住下来的房子，那里有她一生的事业，也就有她一生的欢乐与悲哀。所以每次轮到大儿子家里，她就自然而然地多住几日，若在其他三个儿子家里，大概不到十天就要走开了。

凡做父母的，总不乐意看见自己的儿子们有分崩离析的一天吧，做父亲的将近中年就去世了，做母亲的受了一世辛苦，到头来却落得个无家可归。这实在是朱老太太所万难料到的。这在一般世人论起来，总说这都是命里注定，然而朱老太太是顶不佩服命运的。她不同其他女人一样，她不吃斋，也不念佛，她在一切事情上绝少求助于天地神灵，而惟凭她自己的力量，她是最信赖她自己的良心和天性的一个女人。她还愿意大睁着两只老眼看完一切，看完她自己扮演的这一出好戏，直等她的生命完结为止，她也愿意把她的儿子们所演的各种脚色看到最后。然而命运偏偏要同她作对，命运把她烛照一切的两盏明灯给吹灭了，她眼前的世界完全给闭了幕，却只给她留下了无边的黑暗。她不能再监视什么了，她的儿子们也不再观察她脸上的阴晴而有所顾忌了，他们拆散开来，各不相干，仿佛原先他们也并非一家。

朱老太太永不能忘记那一个奇怪的日子，她的儿子们也不会忘记，她的邻人们也不会忘记，而且这已是邻人们的闲话资料了。

是一个晴朗的日子，午后三点钟左右，太阳正豁朗地照着朱老太太的房间。朱老太太正趺坐在她的床沿上，闭了眼睛，仿佛在那里温习她的古老的记忆。她的小孙孙们还正在她的面前嬉闹着，做着种种游戏。他们的嬉笑声是几乎完全传不到她的耳里的，因为她的听觉是早就失去作用了。这几年来她是完全凭了她的尚不甚衰的视觉来督察一切的，她自幸她还有这么一双眼睛。然而奇怪，这天下午她觉得有些异样了。她觉得这一日的时间进行得太快，午饭之后，不久就来到了黄昏，而且立刻就变成了暗夜，简直可以说完全是忽然地，夜色忽然把她包围了起来，她用手向各处摸索，她的手触到种种东西，然而她看不见它们，她只能凭着她的记忆，——这可以说是最新鲜的记忆了，——来断定她所触到的是什么东西。她感到疑惑，又感到恐惧，仿佛是在梦中遭到了仇人的暗害一样。她立刻就想到"死"，想到坟墓，想到关切死后的一切，这是她常常想到的，却也是她最不甘心的。她虽然已经活过这大年纪了，她却还不愿意这么早就死去。她觉得"死"这一个字对于她就是一种顶无情的嘲弄，平常日子，只要偶尔听到别人提起一个"死"字，无论是说的任何不相干的人的死，甚至草木的或虫鱼的死时，她就疑心那是有人在诅咒她死了。这时候她一定非常恼怒，她甚至为表示反抗起见，她硬着狠心不再吃饭，意思是说"我死给你们看"，虽然她心里还在说"我偏不死"。但这一次的奇异变化却比较一切诅咒更为可怕，比一场急性的疾病之来临还更使她痛苦。她就这次变化的真实性反复地仔细思忖着，等她明白了她从今以后再不能看见什么东西时，她痛苦地叫道："天啊，我这算完了！"她慌乱一阵，又沉默一阵，沉默一阵，复又慌乱起来。最后，她才竭力地镇静着喊道：

"唉，你们都在哪儿？你们为什么都不理我？天已经完全黑下来了，为什么还不送晚饭来？我已经饿得难耐了。"

太阳还正在西边的树梢上照耀着，她却喊着天已晚了，吃过午饭之后还不过两点多钟，她却又喊着要晚饭。在她面前游戏着的孩子们还不懂得这个老妈妈是遇到了什么奇怪事情，但只看了她那种失常的样子，就都吓得跑出去了。代替了孩子们而跑进来的，是朱老太太的儿子和媳妇。他们也不知道这屋里发生了什么事情，只是被几个孩子的惊慌所招集了来的。他们来到之后都觉得奇怪，奇怪的是这屋里并不曾发生什么变故。这时候就有人把嘴靠在朱老太太的耳畔问道：

"母亲，你曾经呼唤过我们吗？你需要什么东西吗？"

于是朱老太太以疑惑而恼怒的态度答道：

"问我要什么东西？我要什么呀？你看天色这么晚了。为什么还不开晚饭来？不是已经入夜的样子了吗？"

说完之后，又显出极其烦躁的样子。

他们听了朱老太太的话，都觉得有些要笑出来的意思，他们同时都仰起头来看外面的太阳，然后又面面相觑。他们都暗暗想道：她大概是老得糊涂了，老年人是常常说些糊涂话的，如小孩们的爱说谎话一样，他们以为他们的母亲是睁着眼睛说糊涂话了。他们又想：这个老年人实在已经老到极限了，于是也联想到一个老年人所应有的将要来到的终结。他们都不愿意给她的糊涂话下一番订正，也就是说他们不肯说出辩驳的话来，因为他们知道辩驳是无益的，而且有时可以惹起老年人的恼怒。他们之中就又有人凑到她的面前说道：

"是的，母亲，天已经晚了，一会的工夫就开出晚饭来。"

又有人更为体贴地说道：

"母亲，你大概是渴了，就先给你送一杯茶来吧。"

当有人把茶端来之后，他们才起始明白确实是有什么变故发生在这位老人身上。他们把茶杯放在她面前的茶几上，她却不能自己伸手去取，她依然向人问道："茶呢？茶呢？"当他们把茶杯放在她手上时，她又不能很正确地把茶杯接受，于是奉茶人必须把茶杯很切实地放在她的掌握里。当她饮过一两口之后，她要把茶杯放回茶几上，这才更证明她所遭遇到的不幸：她先用另一只手向茶几上小心摸索，然后才把茶杯送出，如不是有人赶快把茶杯接过，那只茶杯恐不易放得牢稳，最少也要把茶水倾泼。他们这才恍然大悟，他们知道"时光"把这个老年人的"光明"给带走了。

"母亲，你觉得你的眼睛怎么样？"

"我的眼睛？"她猛然地回答，"我的眼睛好好的呀，你们为什么问我的眼睛呢？"

他们用一只手在她面前不断地摇晃，她的眼睛并没有什么反应，那分明是什么也看不见的。他们既已经明白了，也就觉得放了心，同时他们的心里也难免有忧郁的来袭。他们愿意遵从这个老人的意思，愿意使这个老人安静，于是不久便送了晚饭来。老年人摸索着把晚饭用完之后，他们又劝慰她请她早睡。她睡下之后，他们才迎着夕阳的斜照退出了朱老太太的房间。

到得次日早晨，太阳又豁朗地从东天上照来。有人照料着朱老太太在摸索中梳洗过并用过早饭之后，她的儿子们就又来试探那两只失明的眼睛，有人又紧凑在她的耳畔问道：

"母亲，现在是早晨八点半，而且天气是很晴朗的，太阳高高地照着。"

他们很自然地觉得有把天气和时间说明之必要，于是这样说明之后才继续问道：

"母亲，你觉得你的眼睛怎么样呢？你看得见什么吗？"

出乎他们意料之外的，老太太的答案是：

"是的，我的眼睛很好，我什么都看见。"

为了故意证明她能看见目前的一切起见，她还说出了许多眼前的事物，她说某个人不是坐着的吗，某人不是立着的吗，而且某人的脸上为什么有不高兴的颜色，她还说据她看墙上挂的画幅足要坠裂下来了，而衣橱的门为什么就不曾有人替她关好。当然，她所说的并不是没有错误。

这时候他们才更觉得莫可如何。最初他们认为她是说糊涂话的，像其他一些老年人一样本无什么惊异，嗣后才知道她并不糊涂，实在是因为失明的缘故才说白昼是黑夜，然而既已证明她是失明了，她却绝不承认，她还说她看见一切。他们就断定她是既失明而又糊涂的了。虽然他们断定也许只是对了一半。

朱老太太的日子就这样继续下去。她在盲目中却不承认自己过的是盲目生活。她又常常把她眼前所"见"的事物逐一向人告诉。日子愈久，她也就愈变得离奇起来。有时她说她隔着窗子可以看见大街上有人骑驴走过，而且她还能说出那个人的名字，以及那个人的衣冠。有时她甚至说她能看见野外，说某个地方有大车经过，说某个地方有溪水流行，或某处道旁有野花开谢。她能看见别人所能看见的一切，而别人所看不见的她也能看见。她周围的人们也就只得承认她所说的话，并答应她，说她的眼睛是很好的。她看过的事物都是很正确的，他们也都看得见。然而可怜，——她能看见远处的事物，她却不能看见她家中每座屋顶下的事物，她看见她梦中人物的动作，她却看不见现实中人物的动作，她更看不见他们的心意。自从朱老太太失明，一直在一段颇称不短的日月中，她的儿子们，她的儿媳们，却正在那里起着一种自然的变化。仿佛这位朱老太太——这个维系着一家人心的母亲——她的"光明"失去之后，便没有方法可以再烛照这家庭中的黑暗角落，那些角落里的黑暗便逐渐扩大起来，以致笼罩了整个的家庭，这个家庭中的分子便都逐渐游离，而且均被一种颇强的离心力所牵引，结果就是分家度日，各不相顾。假如这时候朱老太太就与世长辞，也许倒还好些吧，然而她还活下去，她过着定期迁徙的日子，她由四个家庭轮流供养，轮来轮去，像一个按班值日的老奴婢。

她成了一个没有家的老可怜虫，"我要回家去了"。人便知道她是要回到她的大儿子家去。只有在那里她还有"家"的感觉，而且可以使她重温旧日的好梦，她一生的事业还可以在那个家中反映余光，隔过十天工夫，她便被人扶着，或被人牵着，从这一个儿子的家，走向另一个儿子的家，就像算命的老巫婆，被人家牵来牵去一样。她虽然始终说她能够看见一切，她能够看见她应走的道路，看见道路上的车马人物，然而她还是必须有人牵着，或有人扶着，不然，她大概早已被碰死或摔死在道路上了。

朱老太太在这种情形中继续生活下去，一切都好像变作当然的了。她对于她这份生活，是感觉痛苦的吗，还是习以为常而毫无所觉的呢？这没有人能说，也没有人肯说。朱老太太自己是并不说什么的，她的儿子们也不说，她的邻人们也不说，虽然朱老太太自己的心理是逐渐变化着。到得朱老太太将近离开这个世界时，她变得更奇怪起来了，她爱笑，也时常无端地发笑。她的笑声很枯燥，没有表情，仿佛是一架破损的机器，因不自然地磨擦而发出的声音。人们听了这种笑声都感到不快，又仿佛觉得这是一种不祥的警告。人们都不懂得朱老太太发笑的道理。笑是用以表示快乐的，平常人用眼泪来表示痛苦。然而当人们最快乐的时候也会流下泪来，那么朱老太太的发笑也许正与快乐的落泪是一样的道理吧。人家只当她是老了，老得太老了，所以才有这种反常的事情。是的，她是太老了，她已经老得透熟透熟的了，人们听了她的干笑，就会立刻忘记那是一种声音，而会即时在眼前浮出一种很清楚的意象：那是一棵古老的花树，并且还可以指明那是一棵梨树，那梨树开了满树的白花，开到春尽，好像也并不必经风经雨，一树梨花便自己接连不断地落下来了，当朱老太太呼她的最后一口气时，她还在笑着，那就是一树梨花的最后一瓣。

（选自文化生活出版社1939年版《雀蓑记》）

宝　光

在满天星斗的夜里，老牧人向小孙孙讲起了宝光的故事。

"看啊，孩子，"老人用烟袋指着远山说，"就在那边，在金银峪的深处，埋藏着无数的宝贝。"

小孩子仿佛已经入了睡梦，蹲在石头上沉默着，金银峪被包围在银色的雾中。

"那是几百年，也许是几千年前的事了，反正是在古年间，金银峪中埋藏着无数的宝贝。"老人又低声絮语着。"每到夜深人静的时候，金银峪便放出白色的光芒，那光芒好像雾气，然而那不是雾气，那就是宝光。看见那宝光的人是有福的，可惜人世间无福的到底比有福的多，所以能看见宝光的人实在很少很少。"

这时，那小孩才略微抬起头来，带着几分畏寒的意思，向金银峪疑惑地遥望。金银峪依然沉默着，在银色雾中包围着。

"据说古时候有一个有福的人，他曾经到这座山里来参拜过。"老人重燃着了他的烟袋，一滴火星在黑暗中忽明忽灭，老人的故事就如从那火星的明灭中吐出。他又继续道："那有福的人在夜间登山，他就看见有宝光从金银峪中升起，于是他怀着虔敬的心，走向金银峪去了。他看见那峪中遍地黄金，随处珠玉，那白色的光芒那便是从那些珠宝中发出。然而他并不拾取那些珠宝，因为他所寻求的并不是珠宝。"

老人稍稍停顿一会儿，仿佛等待小孩问他那朝山人所寻求的到底是什么东西。然而那小孩依然沉默着，并不发问，那老人就只好继续自己的故事。

"你一定想知道，那个有福的人所寻求的是什么东西，到底他寻求的是什么呢，这却传说不一。有人说他寻求的是不结子的花草，也有人说他寻求的是不疗病的药石，又有人说他本来就无所寻求。他对于一切美丽的东西，宝贵的东西，只是赞赏，却没有一点据为己有的意思。可是美丽的东西，宝贵的东西，却常常叫他遇见。他不要金银，却能看见宝光，他说那宝光美丽极了。"

"自从人们听说金银峪里有珠宝，"老人的声音里仿佛带一点激昂，他的烟袋又已经熄灭了，他继续道："自从这一带人民听说有珠宝，便都不安起来了。因为他们都起了贪心，他们常终夜不眠，只想看见宝光，可是他们永不曾看见。他们常在深夜中到金银峪去摸索，有人竟搬了大块的石头回家，希望石头能变成黄金，然而石头还是石头。他们的贪心不止，他们便争着到金银峪去发掘，从此以后，那宝光就永不再见了。"

老牧人说完之后又沉默着，小孩也不作声，只听羊群在山坡下吃草。远处隐隐还就听到有流水的声音，好像是老牧人的的故事回响。

（选自文化生活出版社1939年版《雀蓑记》）

扇的故事

为什么没有一次春日远行呢？心里还不断地这样后悔着，却已见有人穿起了雪白的夏衣，而且手里已经摇着像黑色翅翼似的扇子了，这使我的感情跌了一交，颇觉得有一些慌张的意味。

已经是夏天了，我仍这样默念着，自己在宽大的屋子里慢慢踱步。我还不知道我所要寻求的是什么，直到我听到一种低微的声音，从我的尘封的书架上发出，仿佛告诉道"我在这儿"的时候，我才明白我正是需要一把扇子，因为那说"我在这儿"的声音就是从一把黑色的折扇发出的。

黑色的折扇尚安静地躺在书架中层，我看出它的寝台乃是一位现代学者所著的《古代旅行之研究》。自秋徂冬，以至于夏，这富有魔术意味的黑色折扇，就睡在这本满写着精灵名字的著作上，我不知道它曾经做了什么怪梦。我拿起这把折扇，我轻轻拂拭它身上的灰尘，我又把它慢慢地擎到鼻端，重又嗅出它那近于烧烤的胡桃的气味，我默诵这把扇子的历史。

那是去年夏末的时候，其实也可以说是秋初的时候，我的一柄旧折扇遗失了，这颇使我彷徨不安，仿佛就是遗失了天地间的清凉似的，虽然天气已不甚热，而且实已没有尽力再摇着一把扇子的必要，然而不行，我却特别觉得热燥，而且觉得非有一把扇子不可。卖扇子的人最先知道节令,他们多已把扇子收藏在箱笼里,我冒着热汗在街上找一把扇子,后来我居然找到了。我满意了,然而我也失意了,好像是即刻的事情,一夜西风,一场冷雨,树上零零落落地飘下了半黄的叶子,已有畏凉的人穿起深青色的夹衣来了。这时我简直是受了一闪,被闪在一片无边的空虚里,我乃有孤伶的悲哀。我把我的折扇放在书架上,那意思是还可以随时取开来挥汗。然而自从那一次无意的捐弃,它就被捐弃在那本《古代旅行之研究》上,怪不得此刻它就向我喊一声"我在这儿"了。这种故旧之感使我叹息,我仿佛看见一串无尽的夏天与秋天,像一站一站向远方展去,我又预感到我的黑折扇将永久伴我。沿着那一长串的夏与秋做一次远足的旅行。

我屡次嗅着黑折扇的烧胡桃的气息,我又慢慢地把它展开,它发出一种被撕裂的声音,这声音使我感到一点痛苦。我试验着轻轻地在我面前挥动,它乃拨动出一阵怪异的凉风,我可以说这阵风是太冷了,而且是凄凉的,有着秋风的气息。

我坐下来,展着折扇,我注视着它的黯然的面孔,它乃向我说出了这样的故事:

在某处海滨有一座大城。

扇以一种惟我所能了解的语言开始它的故事。

这是一座荒凉的古城,有高大的乔木,有颓圮的古式建筑,有历史悠久的疏落的居民。这些居民均不与时间竞争,所以他们的日子都过得非常悠闲,任日升月落,花开叶坠,仿佛都不曾使他们感动。在这些居民之间也很少人事的往来和感情的交通,故生生死死,在他们眼中均与草木荣枯同一看待。

在这大城的居民之中，也有些是上流人家，他们都过着近于贵族的生活，均自以为是这世界上的选民。他们读历史，爱礼节，喜欢室内陈设，爱看荒芜的园子。然而这些上流人也正如其他居民一样，都各保持一种相当的人间距离，他们不常见面，不作不合时宜的拜访，不参加非定期的集会，而且也不肯随便到街道上或草地上散步。

一年只有一日，而且是在一个地方，这些上流人才能有一次共同的聚会，那便是在新年的元日，在一个老妇人的家里。这老妇人可以说是这大城中惟一的真正贵族，因为她的前五世祖宗，——也许是前七世，也许是前十世……曾经做过公侯，而她又是这城中年岁最长的人，她有一宗很古老而且很丰厚的财产，而她的最宝贵的财产却是这大城中人民对于她的敬意。一般居民是只能怀着敬意而谈说这个贵族妇人的故事，能够当面把敬意表示的却只有那些上流人，他们每年元旦日都不约而同地来到这贵族妇人的家里。

他们鞠躬，他们握手，他们静静地穿过重重庭院，他们攀登曲折的黑色楼梯。他们用低沉的声音互相招呼，用淡然的口气相互问候：

"又是一年了。"

"是的，又是一年了。"

"你好吗？你还健康吗？"

"很好，谢谢你，托天之福，我还不曾生病。"

他们都说很好，很康健，然而他们却都怀着被抑制着的惊讶：贵族妇人自是不用说了，她好像一棵成熟了的麦子，真是一天一个成色，她只等一场正午的南风了，其他诸人呢，某某的胡子渐渐苍白了，某某的眼睛变成蓝色了，还有变成驼背的，干瘪的，……然而他们谁都仿佛不曾看到这些，他们只微笑着互相祝贺。他们有时也讲说海盗的故事，也说到古代的战争，也说到这位贵族妇人的显祖，说到他们各人家里的古物收藏，然而这些话也总是简短的，绝不过火的，他们仿佛觉得多说一句话便是失礼似的，当他们一开始谈话时大概就已经想到了"再见"一句告别辞，当然这句告别辞也就来得特别早些，于是：

"再见，夫人。"

"再见，先生。"

他们又淡然地告别了，于是又是一年。

但像这样的全体聚会是颇难得到的，某一年，某个上流人因为患了感冒就不曾参加，那位贵族妇人便只能看着他的名片说道："啊，他是病了。"又一年，也许更多了一张名片，也许连名片也没有了，于是那位贵族妇人说道："啊，某某人是死了。"

又一年的元旦，这位贵族妇人又会对着她的来宾说道："啊，某某人是病了，"或是"某某人也死了。"

一年，又一年……

扇的故事讲到这里，忽然停住了，我轻轻地把扇面敛起，扇子发出微微的叹息。

片刻的沉默之后，我乃展开我的扇面问道：

以后怎样呢，这故事大概还不曾完结吧？

是的，我的扇说，不曾完结，因为一切故事均不会有一个最后的完结，这个故事当然也是一样。要问以后的事情也很简单：这位贵族妇人也病了，也死了，那些上流人的聚会便不再继续了，而且他们也都病了，也都死了。

那么他们的后人？

他们的后人也是一样。

那么那座城？

我的折扇在我手中翻了一回身，叹息着说道：

如不追问倒也罢了，因为这故事实在应该暂作结束，经你这样一问倒令我非常感慨，我还得把故事继续下去。你问那座城吗？那是一座古城了，而且又坐落在海边，不知某年某时这地球曾发生了什么变化，海水就把那块靠海的地方侵占了，海水把一片陆地也变成了海，那座古城也就不必问了。

那么以后呢？我又追问。

以后吗，我的扇子沉默了一会又说，以后又是一次海与陆的变化，被海水所侵占的陆地又从海水中归还，又一片新的陆地，又有了新的居民，又有了新的城池……

以后呢？

以后又是海与陆的变化。

以后……

以后……

我的黑折扇忽然又发出一阵近于撕裂的声音，把黯然的面孔敛起来，并无可如何地在我的手中跳跃一下，沉默了。

我也沉默着。忽然从开着的窗子上吹来一阵凉风，这哪里是夏天呢？简直有秋天的意味，我坐在我的靠椅上，不必起立，无意中只一伸手便又把我的折扇放回原处，仍旧很正确地放在那本《古代旅行之研究》上。然而这次无意中的举动却使我非常感动，我觉得这举动是那么平常又那么奇异的，我又仿佛看见成串的无数夏日与秋日，又仿佛看见我自己的许多影子在那一串夏与秋的交替中取一把扇子，又放一把扇子。

一九三七年六月二日，济南

（选自文化生活出版社1939年版《雀蓑记》）

威尼斯

　　过羊尾镇，知道不久就要到达陕西省的白河县了，虽然疲乏，也稍稍振作了一下。太阳就要落下山去，然而白河还是看不到。问放牛的，问挑担的，甚至问小娃子，总之见人就问："到白河还有好远？"回答总是"不多远，十五里"。在晚照中远远望见一叠叠山，一丛丛树，便喜形于色，嚷道："白河到了，白河到了。"但依然不是白河。尽走，尽走，脚步越走越沉重，而太阳却故意加速地向山后躲去，落得四面只是一团黑影。没有人唱歌，也没有人说话，只听到脚步声。各人的行李在背后用力向下压着，向下垂着，仿佛再不愿挂在主人肩上，显出急于要躺在道旁休息下来的样子。而且队伍也渐渐零散了，不成队伍，只是三个一伙，两个一帮，这叫我们非常担心，我们想起汉江里那只破船，那是本地的土匪因图财害命而故意沉在那山脚下的；我们更不能忘记羊尾镇人所说的那条血裤，那是一个在前线抗战退下来的士兵因饥饿而抢劫路人的结果。我担心我们的小队员会遇到不测，他们年纪最小，而胆子最大，总是不顾大队而跑到最前边去。为了促使他们联络一气，促使他们一同走，我们从队伍的最后一个人，追到队伍的最前一个人，追到了前锋的队员，也追到了白河。

　　"威尼斯！"有人这样喊，白河县让我们想起画片上那座美丽的水城，其实这也只是在忽然转过一个山脚后，在暮色中猛然乍见的一种近似的印象罢了。汉水随着山势陡然一个转折，水面也显得特别宽阔了，水面上有连樯结帆的船只，紧靠着江水的背面是长长的一列建筑，这些建筑都是楼阁式的，夜色，水光，给这些建筑添了梦一般的美丽。楼上的灯光倒映在水里，拉成长长的光幅，随着水波漂动。急流打击着山脚，发出呼呼的吼声，在水声中又隐隐听到市内的喧哗，第一队的队员在江岸上迎接我们，并为我们预备了渡船。这时，我们的疲乏完全消逝了，反被这新鲜地方的最初印象振奋了起来，于是在水上漂起歌声，和着橹声，渡过了江面。我们以为在那一列建筑物里就该有我们宿夜的地方，然而不行，这只是一条买卖街，也就是这县城的精华之所在，在这条使我们认作"威尼斯"的街上只有一处小学，已被我们的第一队住满了，他们要在这里休息一日，于是我们就必须到城里去歇。"城里？城在哪里？""城在山上，又是一座山城，荒凉之至，比郧阳还更荒凉！"迎接我们的人并且告诉：这地方如同死的一样，一点生气也没有，没有一点抗战的空气。这地方也偶然显得热闹，是因为有时多了些军队，多了些过路的难民，江面上那些船已在此停泊了多日，那是□□服务团的船，他们被白河人看作高等难民。他们的船上挂着大旗，十分威风。他们有老少男女，有笨重的行李，他们不能走路，不比我们这些十几岁的孩子能吃苦，他们必须坐船，他们怕土匪，于是停在这里等待县政府给他们派军队护送，然而据县长说，军队都出发剿匪去了，因为这一带山里土匪甚多，又有一种民众为抗丁抗捐而组织的带子会，也闹得非常凶，自然也在被剿之列，县长身边只剩了护兵，没有军队可派了，于是他们就在这里停着停着，一点事情也不做。他们是服务团，然而并不服务，他们给这地方平添了一些热闹，然而并不向这荒城的同胞们告诉一点什么，却只把年轻女人姣艳地打扮起来给这些未见过世面的人们开开眼。于是我听到这么一个故事：服务团里有一个老先生，他是最肯负责最努力做事的人，然而也最为一般团员所不满，尤其是一些年轻的女团员们，因为那位老先生常常告诫她们，劝她们不要涂口红，不要穿高跟鞋，不要穿太鲜丽的衣服，免得惹人注意，更怕惹起土匪的注意而遭逢不测。然而那些为抗战服务的女士们太太们却最讨厌这些"教训"，她们每逢登岸，不论在城市或在山村，总是打扮起来向外展览，仿佛是向自然界炫耀，向那些衣不蔽体食不果腹的人们考示似的，而且她们会喊起红红的小嘴来，向那位老先生反驳道："爱打扮，偏打扮，你老头子不要多管！"这类故事，——当然还有其他故事——都是在我们渡江的时间，整队入市的时间，总之，在顷刻间我们听了很多，因为有无数的小嘴争着向我们耳朵里送，使我们一时听得忙乱。他们——第一队的队员们——比我们早到一天，就仿佛已是白河县的老住户似的，那么刺刺不休地讲着白河。

我们一听说我们必须进城，而城又在高山上，于是疲乏又回来了，然而无可如何，我们必须向上爬，我们穿过了那条号称白河精华之所在的横街，街上的灯光使我们眩惑，仿佛我们已经很久不曾见过灯光似的。我们穿过黑暗狭窄的小巷子，开始拾级而上，低着头，闭着气，努力向上爬。尽爬，尽爬，人烟逐渐稀少，简直完全是荒山野路了，我们的心随着静下来，这时候才知道月亮已在背后升上来了，仰头向前望，月光洒在远远近近的山头上，在迷茫中看见一些建筑的轮廓。这时江声又压服了市声传送到山上来，在月夜中显得那波涛冲击得很远，好像在多少层山峦之外。我们爬着，也无暇看我们的时表，只觉得爬了很久，步子越走越小，腿部感到酸痛了。我们问："还没进城吗？城墙在哪里？"回答却说："早已进城了。"原来在不知不觉中已经穿过了城门，至于城墙更不曾惹我们注意。"荒凉哉吗，小山寨！"有人这样说着，觉得好笑。我们又看见茅屋，看见从门缝里透出来的灯光，这就是大街了。我们以为足够爬了十里（其实不过五里），我们到达了山顶，走进了我们的住处——文庙小学。据说这附近就是县政府及各机关，是这县城的行政区域。我们受到许多小朋友的招待，他们为我们送了水来，把教室指点我们，让我们在那儿睡觉。

弄铺草，发饭费，已费去了很多时间，等我们到一个人家，请人家给我们做了饭吃过之后，夜已经很深了。我们走在寂静的街上，草鞋打着石板道上发出沙沙的音响，浴着月光，踏着月光，觉得分外寒冷。向远处望望，还是山，还是山，山影，树影，"依山筑城"，这时也看见断断续续的城圈了。听到江水声，听到远处的犬吠声，而且，最使我们觉得奇异的，我们听到了荒鸡的啼声。在什么地方的茅屋下面，在一张被冷气所包围的床上，也许有一个不眠的人正在想着心事，说道："荒鸡叫——不祥的兆头哇！"我心里这样想。我们回到小学后，队员们都已经入睡了。

（选自国民图书出版社1942年版《圈外》）

冷水河

　　天还黑黝黝的，人也还睡得正甜，忽然传来了一阵开门声，人语声，脚步声，而那担杖钩环的声音更是哗啷哗啷地响得清脆。我们都被惊醒了。点起昨晚剩下的小烛头，摸出枕边的时表　看，——才四点半，距天明还有一点多钟，然而李保长已经领着人送了几担开水来。同时，听到队员们也都起来了。为了赶路，我们自然希望早起，但今次实在起得太早了，夜里睡不足，白天行路也是容易疲劳的，于是有人喊着："太早哇！太早哇！"这喊声在我的耳朵里回旋了很久的时间，因为我立时想起了那一世之散文作家阿左林，他在一篇文章中曾说起西班牙人在日常生活中所常用的三句话：第一句是"晚了！"第二句是"干什么呢？"而第三句则是"死了！"这是很可怕的三句话，试想咱们这个国家的人民，又有多少人不是在这三句话中把一生度过的呢？而那最可怕的就是"晚了！"这就是说，"糟糕，已经来不及了！"想想西班牙在这时候所遭的命运，再想到我们自己的国家，对于"太早哇！太早哇！"这呼声，就有着特殊的意味，也有着无限的感慨，究竟"太早"比"太晚"是不是较好一些呢？一切事情，如能不过早也不太晚地去做，那自然很好，但那就很不容易吧，我想。那么还是希望大家"早一些"较好，咱们似乎应当用"早一些"来代替"晚了"那一句话。

我一边这样那样想着，一边收拾行李并漱口洗脸，而这时候队员们已经在院子里吃着昨天的干粮，喝着今天送得"太早了"的开水。我们的大队长照例是忙碌的，他在走来走去地张罗着一切，等他回到屋里来时，就笑哈哈地说道："真想不到白河县人做事这样认真，惟恐耽误了我们走路，半夜里就送了开水来，这也可以证明这地方的政治还不坏吧。"我心里明白他的意思，他不过是指着县政府对于保甲长的，以及保甲长对老百姓的威严而言罢了，县政府命令保甲长，保甲长命令老百姓"要早送开水，万勿迟误"，于是就有今天的结果，而这也就是大队长之所谓"政治不坏"，我对于这样的赞美是不赞一辞的。等到我们饮食已毕，一切停当之后，问题却来了："我们雇的挑夫还不见来！"我们在焦虑中等着，等着。一直等到八点，挑夫才陆续来到，问他们为什么来得这样迟，他们却很坦然地答道："还得烤完了烟啊。"原来他们都是些鸦片烟鬼，他们仿佛很有理由似的那样不慌不忙回答我们。一边捆行李，一边听队员又大声喊道："太晚了！太晚了！"然而那些鸦片烟鬼却仍是不慌不忙，这种不慌不忙的态度好像在回答我们说"并不晚"或者"还很早"一样，叫我们非常生气。等到开拔之后，出城，下山，他又买烟，买火，拴草鞋……走到河街时太阳已经很高了，然而有的挑夫又不见了，有人说是去吃饭，也有人说是去烤烟，弄得我们无可如何，因为实在已"太晚了"！

我们一路沿着汉水，踏着山脚，前进着，我们的歌声，和着水声，在晴空之下彻响着。"拐过山嘴，便是月儿湾了。"有人这样喊。月儿湾——又是一个好名字，还有黄龙滩花果园……我忘记我是在流亡，忘记是为我们的敌人追赶出来的，我竟是一个旅行者的心情了。我愿意去访问这些荒山里的村落，我愿意知道每一个地方的建立，兴旺，贫困与衰亡，我愿意知道每一个地名的来源，我猜想那都藏着一个很美的故事……但这样的念头，也只是转瞬即逝的事情罢了，尤其当看见在破屋断垣上也贴上红红绿绿的抗战标语，——这是在城市中我们看厌了的，而发现在荒山野村中却觉得特别有刺激力；以及当我们从那些打柴牧牛的孩子们的口中也听到几句"打倒日本，打倒日本"的简单歌声时，我就立时像从梦中醒来似的，心里感到振奋，脚步更觉得矫健了。

奔到月儿湾。我们停下来吃午饭。这时候，我们才有机会同挑夫们谈谈话。我们是喜欢同他们谈谈的。谈到他们的工钱，我们才知道他们又并非自由的挑夫，他们也是被政府硬派了来的，那么，我们所出的工钱恐又不知经过几层剥削才能到达他们的手中，而他们之中竟有人因年老，因烟瘾，而不能胜任，想偷跑，想雇人替换，也就是当然的了。自然，我们也同他们谈到了吸鸦片的害处。我们的队员尤爱捉住这种机会大发议论。但说来说去，也只能从烟鬼口中换得这么一句回答："这我们何尝不明白，但是现在明白已经晚了，烟瘾已成了，家业也穷光了！""晚了！"他们也知道晚了。于是青年队员就激昂地说道："好，你们好好地再吸两年吧，不然，现在便要戒绝，若等到抗战胜利之后，你们便只好吃那最后的一颗大烟丸了。"这所谓最后的一颗大烟丸者，乃是指那一颗可以打穿脑壳的子弹而言。这种想法原是很近理的，总以为抗战胜利之后，中国的政治应当完全刷新，那时就不再允许这些烟鬼存在了。这是一个政治问题，挑夫自然不懂，却也没有人为他们解释。

从白河到冷水河，共七十里，并不难行，但因为今早动身太晚，所以到达冷水河时又是相当的"晚了"！

冷水河，从左边的山涧中流注汉江，河身甚窄，河水清浅，在碎石上潺潺流来，确有一些清冷之意。过冷水河不远，便是冷水河的村庄，在暮色中只见团簇着一些房舍，房舍还有的冒着炊烟。在冷水与汉江之间，矗立着一座雄伟的建筑，叫作双龙古刹，也叫作观音庵，而庵下的江水就叫作观音滩，这里的江水又正当一个山势陡转处，水流甚急，又以水底多石，所以水声甚大，而行船最难，据说航船到此，必须连客带货一并卸在岸上然后才能把船拖过，否则便难免危险。我们就看见一只小船还正在滩中间沉着，被急流所冲击，激溅着白色的浪花，而那只小船却是一动也不动。双龙古刹是借了山势而雄踞在险滩上的，它似乎被群山所包围，而又高出于群山之外，它像一个巨大的魔灵，做着这险滩的主宰，益显得这地势险恶万分。而今夜，这古刹就做了我们的宿营地。

我们在模糊中吃过了地瓜米粥，又托本地的保长给雇了一只可以载行李直达安康的小船，便借了观音面前的灯光打铺休息了。半夜里醒来，听见江涛的声音，仿佛在深山中来了暴雨，颇令我想起在泰山斗母宫曾听过的山涧水声，似梦非梦，不知身在何处。揉开睡眼，却看见月光从古刹的窗上射了进来，照在粗大的黑柱子上，照在雕绘的栋梁上，照在狰狞的神像上……心里有些恐惧之感，同时也有说不出的感伤。我不能入睡，我想着种种往事，想到将来，想到明天蜀河的道路，乌江渡，又一个可怕的地方。我摸出时表用手电照着，看看时间的向前移动，我决心在那个不太早也不太晚的时候把大家吵叫醒，预备赶路。

（选自国民图书出版社1942年版《圈外》）

江边夜话

　　山渐渐低，水渐渐阔，眼界逐渐扩大，心情也就更变得舒畅些了。下午三点钟，我们就到达了高鼻梁。高鼻梁——为什么叫高鼻梁呢？是因为本地人生得鼻梁特别高吗？还是这里有一个山头像人的鼻梁骨呢？打听本地人，才知道原名是高北阳，讹为高鼻梁了，这叫我想起北京城那条讹为狗尾巴的高义伯。早早地到达，是行路人的无上愉快，不但觉得诸事从容，而且觉得应当做出些特别有趣的事情来才对。但是要做些什么呢？也不知道：除非是等我们的小船，船来了，就搬行李，然后又是到江边上去酌水盥漱，脱鞋濯足，而山地里的太阳是落得很快的，等到给队员们分配妥当了晚餐之后，已经是暮色苍茫，江风也变得凛冽了。

　　"每小队一斤生萝卜，一两盐，每人还分两个馍。"队员们各处这样传语着，带着很高兴的神气。他们都分住在人家屋里，借了人家的炉灶自己炊食。我们几个则在江边一个吴姓家里安顿了下来。

　　这地方人家并不多，零零星星地散点在山坡和江边上。各家都是低低的茅屋，没有所谓庭院，更没有大门，但这里也居然有几家卖面食和酒肉之类的了，这些，大概是最近才开始的吧。远远山上有一座庙宇，顶子是瓦的，墙是红的，显得特别惹眼，贫苦的老百姓们，都是建筑了很精美的房子让神们住着，而自己是绳枢瓮牖，这无论走到什么地方总是一样的。更远处，在江水两岸的高高山头，有几座碉堡雄踞着，也给这地方平添了一种特殊神色。"这是当年×军长修的呀，为了剿×。"店主人这样指点着，向我们告诉，让我们想象，这里的青山绿水也曾经染过人们的鲜血。

我们所住的这个吴家，也只有一大间草房，而这一大间之内却又分成了三个小间。进门一间，似乎是专为了居留客人并招待买卖用的，门口挂着肉，门后放着几案，有酒，有烟，以及其他零星物品，还有两张木床，这就是我们所要睡的地方。其他两间，一是灶间，该是吴老头和他的女人住的，另一小间在最深的一层，大概这是吴老头的儿子和媳妇的卧房了。我们住在这里，仿佛会给人家以不方便似的，颇觉得有些不安，但看了他们那种诚实而亲切的态度，我们倒觉得自己的多心是多余的了。

"老先生今年多大年纪呀？"大队长问。

"啊，你说我吗？"吴老头仿佛很惊异的，望望我们，笑着回答，"哈哈，六十挂零啦。"

"好哇，你老人家很壮实啊。"

"嘿，穷人不壮还行吗？"

他在给我们张罗着点灯，在灯影里，看他那含在满脸皱纹和短短胡髭中的微笑，给我们一种深湛的和平之感。

他的女人，一个稍稍驼背的老妇人，给我一个模糊的印象，她似乎穿着极宽博的古装，头上蒙着印花的头巾，偶尔从灶间里出来，却很少说话。我们不曾看见他的儿媳妇是什么样子，却只听见她在内间里操作的声音，舀水的声音，吹火的声音，捣面的声音，偶尔和老妇人私语的声音……这情形使我们感到一点肃然。

我们客气地同吴老头谈着。

"我们原是住在山后的。"老头在菜油灯上燃着了烟斗，一边吸着，一边说，"从去年，啊，是前年啦，听说外面又打起仗来，这里过路的客人多起来了，有点生意，便搬到这里来住了。"

从他自己的叙述里，我们知道他原是船户出身，他的祖上是玩船的，他年轻的时候因为做船上的生意赔了本钱，据他自己说是"上了人家的当，受了骗了。"于是把船也卖掉，只耕种着几"天"田度日。现在他做着豆腐、馒头以及猪肉等的生意，他说这是他的儿子经营的，他儿子有事到别的村上去了。

"咳，什么都不容易，胡弄着吃口饭罢了！"他在他自己吐出的烟雾中笑着。

这真是一个可爱的老人。我们行路人对于这样可爱的老人是愿意把一切都予以信托的。我们将要吃些什么呢？这是我们当前的问题，"随便给我们弄点吧，老先生，"吴老头听了我们的话，又到内间去吩咐了一番，回来时两手向两边一分，带着抱愧的神色说道："唉，对不起，我们没有盐，我们已经很久没有盐了！"

对于这没有盐的说明，我们并不觉得希奇，我们在沿途曾屡次经验过盐的恐慌。这些地方，因为交通不便，时常无盐可买，而大多数的贫寒人家则几乎永远吃着淡食。我们在一个有盐可买的地方，买了很多盐带着，预备分给队员，我们现在就要分给这个老人一些，但我们却愿意把我们更宝贵的东西赠他，也是盐，然而这是从河南买来的海盐，我们一直藏在手提箱内，偶尔用过，但大部分都还留着，我们拿一个沉甸甸的纸包递给老人。

"给你这个，老先生。"我们说。

"什么？"他惊异了。

"海盐啊，我们给你老人家。"

"海盐？——唵，海盐是香的，我们这地方是吃不到海盐的，我们这荒山里！"

他并不曾说一声"谢谢"，却只是连连地点着头，笑着，走到内间去了。我们听到他同女人们切切地笑语着，等他从内间走出来时，却又大声地笑着说：

"海盐哪，生在东海里，带到这里十万八千里，你们女人家哪里知道这个呢！"

不多时，就有刺鼻子的香气传了过来，大盘的炒白肉和烙油饼接着就端过来了，我们像一群小孩子似的，贪馋地领受这一次盛馔，真的，自从在白河那个奇怪人家吃过一次炙油饼以后，我们又是许多日子不知肉味了。而且，吴老头又给我们提了酒来，这是出乎我们的期待的。红陶泥瓶，白粗瓷杯。酒呢，是玉蜀黍酒。"棒子酒啊，请你们尝尝，我想你们是不曾喝过这种酒的。"老人笑着说。他并且告诉我们，他们可以做种种酒。譬如小米酒，糯米酒，还有地瓜酒。现在只有棒子酒。我们是不能吃酒的，我们的大队长虽然可以贪几杯，但他所喜欢的是高粱老烧，而不是这种淡淡的、甜甜的、酸酸的棒子酒。但在我们这却是再好不过了，而且凭了老人这点意思，或者说，这点风趣，叫我们也不得不吃他几杯。我们拉他同饮，他却执拗地拒绝了。酒饭之后，我们还想喝些解渴的东西。"喝呀，喝什么呢？茶吗？不，请你们喝豆汁吧，现在就在推磨子，一开锅就行了。"老头指着内间里，这样说，同时，我们也听到了碌碌的声音，知道是在磨豆腐了，在豆腐磨子的碌碌声中，我们之间有片刻的寂静，我们似乎又听到了江水的声音，然而那仿佛是在很远的地方冲激着，有风从茅屋上边走过，发出唰唰的叹息，隔壁人家有絮语声……夜已经深了，奇怪，我们又听到了铃声，叮令叮令，我们都猛然一怔，不敢相信自己的耳朵。

"跑信的过去了。"老人低声说。

"邮差为什么带着铃铛呢？"我们不明白。

"怕有虎啊，狼啊，鬼祟啦什么的，"老头答，"这些东西都是怕响器的，跑信的人一到夜晚便把一个铃铛挂在身上了，走起来叮令叮令的。"

叮令，叮令，这清脆的铃声，越走越远了，渐渐听不见了，于是我们谈到这一带的野物和鬼怪。

"鬼吗倒没有见过，反正有；野物可是时常出来。这就得碰运气了。"

他说沿江一带因为常有船舶来往，行人也多，所以野物并不大出现，若到后山里去，那些地方都是深山老峪，林莽丛生，最是野物盘据的所在。因此这一带人民也有以打猎为业的。譬如打到一只虎可卖一百余元，打到一只豹也可卖好几十元，一只獐子也差不多，若是一只狼，也就只卖几串钱。可是獐子颇不易得，须碰运气，运气好的，打到的獐子是圆脐子的，运气坏的，獐子的脐子就是长的了，长的没有什么用，圆的就制麝香，贵得很。

"那么怎么打法呢？"

"打法吗，就是用枪，可是打狼是不能用枪的，狼能避枪呢。"

我们简直为这些故事所迷惑了，我们驰骋我们的想象，沉默着，想着那些深山老峪，想着在深夜中发着金光的炬眼，想着那个在身上挂着铃铛的绿衣人。老人也沉默了一回，又说：

"打狼是不用枪的，"他磕落了烟灰，"用毒药，把毒药放在羊油里，狼是喜欢吃羊油的。"

"老虎有多么大呀？"我们之中有人这么问。

"吓，大得很，像一头驴，像一头驴。"老人用烟袋比画着。

"那么住在山里是很危险的了。"

"也不怎么怕，"老人当行地说，"人不惹它它也是不惹人的，咱们要知道给野物让路才行，你想，你一定要去碰它，它还能善休了吗，野物也是有人性的。"

从野物，我们又谈到了所谓"歹人"，老人躬着腰走到我们面前，几乎把胡须搔着我们的耳朵，低声说道：

"唉，说不了，这一带穷人太多，河路码头是出坏人的地方，反正你们出门人总得处处小心，钱啦什么的，这年头连邻舍壁家也保不了红瓢黑子了！"他还用烟袋指一指他的邻居。

谈话之间听到内间里叫了一声，老人便进去了，出来的时候便端了豆汁来，这真是最新鲜最纯粹的豆汁了，我们每人都喝了几碗，淡淡的，非常可口。忽然有人说："这比沙滩或马神庙的豆浆好多了，可惜这里没有面包。"于是想起在大学时候每天早晨去吃早点的情形，心里还有点儿黯然。我们一边喝着豆汁，一边同老人谈着。我们问到了去安康的道里，老人说：

"哦，是么，你们明儿就住安康，就是兴安府啊，从脚下到府里七十五里，大清年间是每十里一个探子，就和现在跑信的一样，这道里，也是前清时候丈量的。"

他从此谈起了前清，我们就问他：

"前清好呢还是现在好哇？"

这一问却把老人窘住了，他用满把手拢了一下胡子，显出了为难的颜色，无疑的，他是把他自己看作了那一个时代的人，他的感情也许和已经死去了的那个朝代更接近些，而摆在他面前的我们呢，在他心目中，当然是属于这个"新朝"的人物了，他该有些意见，然而他不知如何表达，他大概正把如何不至见笑，并不见怪的问题在他诚朴的心灵上衡量着，他沉默了片刻，吸了一口将要熄灭的烟袋，终于摇着头说道：

"唉，说不了，说不了，反正净打仗，老百姓什么时候都沾不着光，穷人还是穷人！……"

显然的，他的话尚未说完，他又沉默了，他在悄悄地窥视着我们的颜面。自然，我们并没有什么表示，我们先存了一个不愿拂逆他老人家的心愿。他仿佛大胆了些似的，又稍稍扬起了声音继续道：

"不过，前清时候做买卖容易赚钱，日子还好过些，自从反了以后……"

他的话又咽住了，据我们猜想，他的所谓"反了"者大概就是指着辛亥革命而言了。

老年人是有他自己的思路的，大概他就因为谈到了改朝换代的事情吧，他忽然很郑重地问道：

"可是，日本不是来打咱们中原吗？日本人可知道安民吗？"

他听了我们的回答之后就截然地断言道：

"不行，不行，不知道安民就永久得不到天下的，不论哪一家，不要人民是不能成事的！"他显得有点愤慨了。

当我们把敌人的种种暴行告诉他时，他就连连地摇着头，不说话，只是叹息。但当我们把胜利的故事以及种种希望描写给他听时，他也居然眉飞色舞起来了。

我们吃完了豆汁，灯里的油也已是将尽了，屋子里显得阴暗了起来。忽然听到外面有橐橐的脚步声，老人很机伶地站了起来，自言自语道："小回来了，"一边说着走去开门，门开处却闪进一个魁梧的影子来，这当然是他的儿子了，这个"小"，可真不小，我心里这样想着，觉得好笑。那人戆戆地闯进来，和我们打了简单的招呼，就到内间去了。"娘，你吃吧，这是新的，"我们听到他的粗嗓子这样说，也不知是给他母亲买来了什么好吃的东西，老人也随着进去了，谈了一阵话；大概是关于他儿子出外办事情的情形吧，仿佛听到讲什么价钱，当然是属于买卖一方面的事。老人出来的时候嘴里还在嚼动着，并说"天已不早了，先生们安息吧"，于是重新把门关紧，退入内间去了。

大概刚过半夜，老人一家就已经起来操作，给我们预备着水，预备着饭，当然还准备他们一天的买卖。但他们并不惊扰我们，他们都轻手轻脚地活动着，也不说什么话，真正把我们惊醒了起来，而且使我们再也不能入睡的，却是栖在床底下的大公鸡，它们在我们的床下不知唱了多少遍，天才渐渐透出亮来。

"鸡叫得真早哇，真是……"我们之中有人这样说。

"啊，春三秋四冬八遍呢，冬天叫八遍总能天明。先生们听不惯鸡叫……"老人带着歉意地回答。

早晨七点半钟，我们就向安康出发了。

（选自国民图书出版社1942年版《圈外》）

礼　物

　　现在是夜间，昭和小岫都已睡了。我虽然也有点儿睡意，却还不肯就睡，因为我还要补做一些工作。白天应当做的事情没有做完，便愿意晚上补做一点儿，不然，仿佛睡也睡不安适。说是忙，其实忙了些什么呢。不过总是自己逼着自己罢了。那么就开始工作吧，然而奇怪，在暗淡的油灯光下，面对着翻开来的书本，自己却又有点茫然的感觉。白天，有种种声音在周围喧闹着，喧闹得太厉害了，有时候自己就迷失在这喧闹中；而夜间，夜间又太寂静了，人又容易迷失在这寂静中，听，仿佛要在这静中听出一点动来，听出一点声音来。声音是有的，那就是梦中人的呼吸声，这声音是很细微的，然而又仿佛是很宏大的，这声音本来就在我的旁边，然而又仿佛是很远很远的，像水声，像潮水退了，留给我一片沙滩，这一片沙滩是非常广漠的，叫我不知道要向哪一个方向走去。这时候，自己是管不住自己的思想的，那么就一任自己的思想去想吧：小时候睡在祖母的身边，半夜里醒来听到一种极其沉重而又敏速的声音，仿佛有一个极大的东西在那里旋转，连自己也旋转在里边了；长大起来就听人家告诉，说那就是地球运转的声音……这么一来，我就回到了多少年前去了：

　　那时候，我初入师范学校读书。我的家距学校所在的省城

189

有一百余里，在陆上走，是紧紧的一天路程，如坐小河的板船，就是两天的行程，因为下了小船之后还要赶半天旱路。我们乡下人是不喜欢出门的，能去一次省城回来就已经是惊天动地的了。有人从省城回来了，村子里便有小孩子吹起泥巴小狗或橡皮小鸡的哨子来，这真是把整个村子都吹得快乐了起来，"××从省里买来的！"小孩子吹着哨子高兴地说着。我到了省城，每年可回家两次，那就是寒假和暑假。每当我要由学校回家的时候，我就觉得非常恼惑，半年不回家，如今要回去了，我将要以什么去换得弟弟妹妹们的一点欢喜？我没有钱，我不能买任何礼物，甚至连一个小玩具也不能买。然而弟弟妹妹们是将以极大的欢喜来欢迎我的，然而我呢，我两手空空。临放假的几天，许多同学都忙着买东西，成包的，成盒的，成罐的，成桶的，来往地提在手上的，重叠地堆在屋里的，有些人又买了新帽子戴在头上，有些人又买了新鞋子穿在脚上……然而我呢，我什么也没有。但当我整理行囊，向字纸篓中丢弃碎纸时，我却有了新的发现：是一大堆已经干得像河流石子一般的白馒头。我知道这些东西的来源。在师范学校读书的学生们吃着公费的口粮，因为是公费，不必自己花钱，就可以自己随意浪费。为了便于在自己寝室中随时充饥，或为了在寝室中以公费的馒头来配合自己特备的丰美菜肴，于是每饭之后必须偷回一些新的馒头来，虽然训导先生一再查禁也是无用。日子既久，存蓄自多，临走之前，便都一丢了之。我极不喜欢这件事，让这些东西丢弃也于心不忍，于是便捡了较好的带在自己行囊中。自然，这种事情都是在别人看不见的时候做的，倘若被别人看见，人家一定要笑我的。真的，万一被别人看见了，我将何以自解呢？我将说"我要带回家去给我那从小以大豆高粱充塞饥肠的弟弟妹妹们作为礼物"吗？我不会这么说，因为这么说就更可笑了。然而我幸而也不曾被人看见，我想，假设不是我现在用文字把这件事供出来，我那些已经显达了的或尚未显达的同窗们是永不会知道这事的。我带了我的行囊去搭小河的板船。然而一到了河上，我就又有了新的发现：河岸上很多贝壳，这些贝壳大小不等，颜色各殊，白的最多，也有些是微带红色或绿色的。我喜欢极了。我很大胆地捡拾了一些，并且在清流中把贝壳上的污迹和藻痕都洗刷净尽，于是贝壳都变成空明净洁的了，晾干之后，也就都放在行囊里。我说是"大胆地"捡拾，是的，一点也不错，我还怕什么呢？贝壳是自然界的所有物，就如同在山野道旁摘一朵野花一样，谁还能管我呢，谁还能笑我呢？而且，不等人问，我就可以这么说："捡起来给小孩子玩的，我们那里去海太远。"这么说着，我就坐在船舷上，看两岸山色，听水声橹声，阳光照我，轻风吹我，我心里就快活了。但这样的事情也不是每次都有，有时候空手回家了，我那老祖母就会偷偷地对我说："哪怕你在村子外面买一个烧饼，就说是从省城带来的，孩子们也就不这么失望了！"后来到了我上大学的时候，我的情形可以说比较好了一些，由手到口，我可以管顾我自己了，但为了路途太远，回家的机会也就更少。我的祖母去世了，家里不告诉我，我也就不曾回去送她老人家安葬。隔几年回家一次，弟弟妹妹也都长大了。这时候我自然可以买一点礼物带回来了，然而父亲母亲却又说："以后回家不要买什么东西。吃的，玩的，能当了什么呢？待你将来毕了业，能赚钱时再说吧！"是的，等将来再说吧，那就是等到了现在。现在，我明明知道你们在痛苦生活中滚来滚去，然而我却毫无办法。我那小妹妹出嫁了。但当故乡沦丧那一年她也就结束了她的无花无果的一生。我那小弟弟现在倒极强壮，他在故乡跑来跑去，仿佛在打游击。他隔几个月来一次信，但发信的地点总不一样。他最近的一封信上说："父亲虽然还健康，但总是老了，又因为近来家中负担太重，地里的粮食仅可餬口，捐税的款子无所出，就只有卖树，大树卖完了，再卖小树，……父亲有时痛心得糊糊涂涂的……"唉，痛心得糊糊涂涂的，又怎能不痛心呢？父亲从年轻时候就喜欢种树，凡宅边，道旁，田间，冢上，凡有空隙处都种满了树，杨树，柳树，槐树，桃树，凡可以作材木的，可以开花结果子的，他都种，父亲人老了，树木也都大了，有的成了林子了。大革命前我因为不小心在专制军阀手中遭了一次祸，父亲就用他多少棵大树把我赎了回来。现在敌人侵略我们了，父亲的树怕要保不住了，我只担心将来连大豆高粱也不再够吃。不过我那弟弟又怕我担心，于是总在信上说："不要紧，我总能使父亲喜欢，我不叫他太忧愁，因为我心里总是充满了希望……"好吧，但愿能够如此。

　　灯光暗得厉害，我把油捻子向外提一下，于是屋子里又亮起来，我的心情也由暗淡而变得光明了些。我想完了上面那些事情，就又想起了另一件事，这却是今天早晨的事了：今天报载某某大资本家发表言论，他说他已立下一个宏愿：将来抗战胜利之后他要捐出多少万万元，使全国各县份都有一个医院，以增进国民健康，复兴民族生命。抗战当然是要胜利的，我希望这位有钱的同胞不要存半点疑惑，你最好把你的钱就放在手边，等你一听说"抗战已经胜利了"，你就可以立刻拿出来。但我却又想了，抗战胜利之后，我自己应当拿出点什么来贡献给国家呢？可是也不要忘记还有我自己的家，我也应当有点帮助。但我想来想去，我还是没有回答。我想，假设我有可以贡献的东西，哪怕是至微末的东西，哪怕只是一个贝壳或一块干粮，我还是现在就拿出来吧。

我又想到那个《女人与猫》的故事，因为警报时间走失了一只小猫，她就捉住"抗战"骂了一个痛快。

我又想起今天报上的消息：美日谈判之中总透露一些不好的气息，虽然××连发宣言，而依然在想以殖民地为饵而谋其自身利益，总不肯马上拿出力量来，危险仍然是在我们这一方面的。我又想起今天午间我曾经把这话告诉那个《女人与猫》中的女人，并说："罗××说世界战争须至一九四三年底才能结束。"她说："说句汉奸言论吧，这个战我真抗够了！"仿佛这个"战"是她自己在"抗"着似的。

我想到这里不觉微笑了一下。我自然没有笑出声，因为夜太静了，我真怕弄出什么动静来。但使我吃了一惊的却是小岫的梦呓："爸爸，你给我……"她忽然这样喊了一句。我起来看了一下，她又睡熟了，脸上似乎带着微笑。她的母亲睡得更沉，她劳苦了一天，睡熟了，脸上也还是很辛苦的样子。我想起了那位日本作家所写的《小儿的睡相》："小儿的面颊，以健康和血气而鲜红。他的皮肤，没有为苦虑所刻成的一条皱纹。但在那不识不知的崇高的颜面全体之后，岂不就有可怕的黑暗的命运，冷冷地，恶意地，窥伺着吗？"我不知道我的小孩在梦中向我要什么，我想假如你我都在梦中，那就好极了，在梦中，你什么都可以要，在梦中，我什么都可以大量地给。假如你明天早晨醒来，你一定又要问我："爸爸，过节啦，你送给我什么礼物呢？"那我就只好说："好吧，孩子，爸爸领你到绿草地里去摘红花，到河边上去拾花花石子吧。"

夜极静。但是我的心里又有点乱起来了，而且有渐渐烦躁起来的可能，推开要看的书，我也应该睡了。

一九四一年九月六日，叙永

（选自春潮社1943年版《回声》）

两种念头

　　昨天夜里下了一夜的雨，雨虽然不大，可是那淅淅沥沥的声音就使我不能入睡。从前，这应当说是多少年以前了，一个人独自睡在学校的宿舍里，常常喜欢听夜雨，那雨声常给我一种邈远而又清新的感觉，常常使我想到许多很美丽的事物。而现在，现在却不然了，现在这雨声却只使我感到烦琐，吵闹，尤其昭在临睡以前把木盆、瓷盆，都一排行儿放在檐下了，说是这样落一夜雨就可以从檐溜接得很多水，可以洗衣，也可以做饭，可以省一些买水的钱，近日米价大涨，水价也大涨了。好，于是这一夜不但是淅淅沥沥，而且还有丁丁东东，这如何叫人能睡呢。

　　听着雨声，我的脑子里起着无端无绪的思想。偶尔入睡了，却又做起怪梦来，而梦醒之后呢——谁知是真醒不是，一一便开始幻想，不只是幻想，简直是些幻象在眼前排演。我梦见我行走在一段极其光滑的石板路，这条路仿佛是升到一座高山上去的，非常陡峭，路面又非常窄狭，其窄狭的程度真可以说是才可容足，而路的两旁呢，就是深潭，潭水极清，却不可见底，只见前波后波在你推我挤。这是梦吗？这简直是我的旧游之地，我在梦中常常到这里来，常常来攀登这一段极险的路，就像在我们的日常生活中要常常经历那些艰难困危的道路一样。这是一个

Familiar dream。我又梦见我行走在故乡的旷野，我看见父亲在深深的禾苗中工作。是的，他什么时候不在田野中工作着呢。然而我并未和他招呼。我醒来了，我就觉得奇怪，我为什么不同他打招呼呢？我不是常常要和他打招呼吗？在这去故乡万里之外的城市中，乡村中，大街上，野道上，每当我看见一个老农人，他有紫黑色的面孔，有和善的眼睛，他穿着褪色的蓝布衣裳……我心里一惊，那不是父亲吗？难道他逃难出来了？来找他的儿子了？我追上他吧，喊他吧，亲他吧，然而他走远了。可是，我为什么在梦里不同他打招呼呢？也许我怕他问我："你不是说给我几个钱，叫我修修家里的破房子吗？"不错，我曾经这样答应过，我没有照办，这怨我不好，可是也不能完全怨我。不过我知道你老人家也绝不会这么责问我的，你是太善良了。至于家里的房子破了，我知道，我在梦里就看见过，我看见墙壁洞穿，檐木凋落，而屋顶上满是荒草……我知道这些年来的风雨太多了。我又梦见经过一片瓜田，那瓜田新鲜而整齐，一地绿叶在风中颤摇，那些叶子下面就是一些圆滚滚的大西瓜，好看极了，那瓜田的主人一面摇着扇子，一面又让我吃瓜，我却说："现在天冷，我不想吃，等天热时再吃吧。"这就奇怪了。更奇怪的是我又看见——不是梦见——一个婴儿，这婴儿已经很久不见笑容了，他也许就要死了，但是那小脸上又忽然显出一点微笑。那微笑显示一个光明世界；照得每个人心里都发亮，然而可惜，那微笑瞬息即逝。而我的心里却在说，这就是我们的国家，这就是中国。我又在半睡半醒中念着几句莫名其妙的话，而且这些话在我的唇间，不，是在我的心里，还反复又反复，仿佛永无完结，这些话大概是这样的：

> 最严寒的地方有温暖，
>
> 最温暖的地方有严寒，
>
> 有冰雪的地方有生长，
>
> 近太阳的地方最荒凉。

这是什么意思呢？真是连我自己也不明白了。此外，此外我还梦见了什么，想了些什么？让我想想看。我想起来了，仿佛我还错过了多少事物，而这些事物是曾经从我的身边经过，或者，是曾经触到过我的指尖的，然而就如同捉鱼人本已捉到了一条鱼，却又让鱼从手缝中跑掉了。我们说"把握"，我们把握些什么呢？你紧紧地握一把沙，紧紧地握一把水吗？……

早晨醒来，雨还是星星地落着，我心里很不愉快。我永久向往一个夜雨之朝晴的境界。无论夜里多么黑暗，多么寒冷而阴湿，有多大的风雨，然而早晨一睁眼是一片蓝天照着大太阳，那多好，然而现在摆在眼前的还是一天愁雨。何况我的执事又来了，昭靠在我的耳边嘟囔道："你去给我买三角钱胡豆瓣，三个萝白，一角钱蒜苗……"为了怕吵醒小岫的睡眠，她这样切切地耳语着，而我呢，我却只想大声一叫，把一切唤醒。我自然得去买菜。我走到外面，一阵冷风洒我一身雨星。不错，几个盆里都接了满满的清水，我想永宁河里也一定是一片汪洋了。我走到厨房里，糟糕，屋漏得厉害，把米面都漏得一塌糊涂了，人活着，就必须天天防备这些阴天下雨的事情，昭那么想得周到，却也有这么一次疏忽，真是叫人心里也湿漉漉的，无可奈何。

我买菜回来了，看见昭在那里收拾那些已经漏湿了的米面。

那有什么办法呢？我看是没有什么办法的，然而她总是那么有耐性，她总能对付这些事。而且，她还笑着说："我在大学读书的时候，有一天下大雨，我不在家，窗子被风吹开了，于是淋了满屋子水，把我的书全都淋坏了，怎么办？天晴了，我就一页一页地揭，一页一页地揭……"然而米面可不比书页啊，米还成粒，可是你不能一粒一粒地拣；面呢，更麻烦，假如天不放晴，你就只好让它霉了，烂了，权当作我们自己吃了。可是你也真有兴致，大木盆里已经泡上要洗的衣服了。

这以后是我自己的时间，我要开始我一天的工作，我坐在窗下再不眺那愁眉不展的天空，我忙打开一本印得很精致的书册，那书面上闪着一片白光，像映着一片太阳。在这一面上正印着这样的一段话：

"有两种互相矛盾的念头，在人类的内心越冲突得厉害了，——想做得好一点的念头和想生活得好一点的念头。在现存的生活的乌烟瘴气里，要调和这两种倾向是不可能的。"

一九四一年九月九日

悔

就连小孩哭着找妈的道理，
你未曾想，也终未能够懂得，
然而你却爱拍着桌子大骂：
"嗬嗬！为什么不给农民以土地？"

你一定痛恨极了，对于法西斯蒂，
而四堵墙里的王国你就是希特勒，
伸出粗大的手掌向小儿闪声：
"哭吧，闹吧，我就要把你打死！"

我们的生命真是罪过的堆积，
智慧与愚蠢也只隔一层模糊，
举起了后足早忘记了前足，
命中注定了"给错误当学徒"。

　　这是前几天偶然写成的东西，那意思是说，以后再也不要这样狂暴了吧，然而无用，没有想到今天晚间却义是一次无理性的发作，大概我们的一切誓言都是如此，说是要立志如何如何，也往往是徒然的事。"给错误当学徒。"W. H. Auden这话真不错，一个人的一生也许只是错误与错误的连续，我常想，一个人临死的时候总容易回顾一生，但当他回忆起来的时候大概也总是些错误的堆积，从至微至隐的，以至最大最显的：我出卖了一个国家，或一个朋友，我欠某人几文钱，对某人说了一句谎话，或对谁起过一次不好的念头……他整个的一生中都是"过失"，但只有一次他是对了，那就是他与世长辞时所作的反省，对于全生命的忏悔。自从这一次悔改之后，他再也不会犯什么过失了，他有一个最后的完整，归于无。那最后回顾时所看见的都是自己的"善行"的人该是幸福的了，我想他一定将以最后的一次微笑而瞑目，但这样的人可不知竟有多少。……当我这样想时，我早已离开了我那四堵墙的王国，而仓仓匆匆地走在街上了。我心里含着一大包的悲痛。悲愤吗？不，我此刻已不再愤愤然，假如愤，那也就是对自己了。我是以一种最激烈的形式而又是以一种最虚弱的内容而走开的。外面下着雨，而且下得相当急，而且已是黄昏以后了，夜色兼雨色，各处茫茫苍苍的，我一个人迈着急促的步子，却不知应当向哪里走。总之有道路处便可走，要走出这昏夜，要走出这雨。我一面走着，一面迷惘地想着。我想起我的一个先生，他写一部自传小说，他说，他这人对于一切大事都能停停妥妥，惟独有些小节目还不能恰到好处。譬如，今天早晨起来，这地究竟扫不扫呢？这就是一个问题。……我自然也想到自己，我，我这人对天下国家，宇宙人生，也可以说是头头是道，惟独在自己那四堵墙内处得极不得体，我在朋友中间据说还是个好朋友，惟独在自己妇人孺子之间就没有人缘，我不知道我为什么竟会如此暴躁，我以为这种坏脾气是从前不曾有过的，然而现在却有了。归咎于这里的坏天气吧，归咎于生活的压迫吧……我自己明白，这都极其无谓。而且我想到，她们两个一定在灯下谈着我这个怪人，我想在她们中间一定有这么一段对话，母亲问："孩子，不要哭，妈疼你，妈走了万八里路把你带出来，妈能不疼你吗？"又问："告诉妈，你同妈是从哪里来的？你说呀。"孩子答："是从山东来的，那里有日本鬼子，日本鬼子打小孩。"母亲又问："你跑这么远来干什么？"孩子答："我来找爸爸。"母亲问："找到了没有？"孩子答："找到了。"母亲问："找到了怎么样？"于是孩子说了："找到了，他吵我又打我，也不给我买小洋琴，妈不是说我的小洋琴叫日本鬼子偷去了吗？"……我想到这里，似乎有一点儿要笑的意思，但是我如何能笑呢？雨下得很紧，我走得很快，也不顾道路的平陂，也不管脚下的泥水，衣服自然湿了，冷风吹来，把水雨吹得乱舞，我感到十分清醒，我不知不觉走上了大桥。真是不知不觉，因为这地方是来得习惯了，有时候自己来，有时候也同着女人小孩一同来。来看山，看水，看拉船的，钓鱼的，看算卦的，卖零星东西的，看来来往往的过桥人。而小孩子一见了船就说："打完了日本就坐这船回家了。"但此刻，什么也没有，向远处看自然是一片模糊，向近处看也只有光滑的石头桥面上放着微明的水光。河水的声音和风雨的声音搅成一片，也分不十分清楚了。在下流的拐角处，也就是在黑暗的城墙下边，这里该是一只船，因为那里有一点灯火在雨丝中摇摆着。我站住了，我站在桥边，可是我并没有像平日那样去倚在石栏上。因为我知道那石栏是湿的，是冷的。偶尔有几个人匆忙地走过了，打伞的，戴斗笠的，有脚下穿着钉鞋的，打在石板上发出清脆的丁丁声，而穿便鞋的脚下，则发出苦楚苦楚的声音，听了令人特别感到雨天的愁苦，于是我想起那些在雨水中拉着重货车上桥下桥的弟兄们，我的耳朵里仿佛还响着他们那"挨道挨道"的呼声，夜深了，我希望他们此刻已是休息了，他们的百条千挂的破衣服，此刻大概正在墙上或绳索上滴沥着雨水，雨水中也该有汗水。我又想，我若能知道这些在夜雨中奔泊者们的故事就好了，正如我此刻也正在一个故事中一样。我若能看出他们每个人的面孔就更好，我可以从他们的脸色来推测他们的故事是属于哪一类，是悲哀的，还是欢喜的。我也愿意从人的面貌上观察一个人的性情：是暴躁的，还是和平的，或是和平而又有时暴躁的。但是我看不出他们的脸面，我只看见他们的轮廓，我以为他们都是一样的，都只是一些人的影子。但忽然有小孩的哭声慢慢近前来了，在风雨声中，这小孩的哭声特别显得可怜，显然那孩子还只是一个婴儿，他还不能说话，他只是哀哀地哭。那声音越来越近了，我这才看出来，是一个赤着肩膀，挑着沉重担子的大男人，而那哭着的小孩就在他的背上，他的背上像一个隆起的大瘤，不过那个大瘤却仿佛在跃动着，而且仿佛有两只小手伸出来了。你这个大男人，你这个负重者，你怎么在夜雨中赤着肩膀呢？冷冷的雨水该从你的头发上流下来了，流在颈项上，流在胸膛上，流注到你的心里了吧，原来你的蓝布褂子就盖在你那小孩的头上，怪不得那两只小手要在里边挣扎了。对，你是辛苦惯了，在风里雨里你也走惯了，你不怕，你的小孩却不然，你这样爱你的小孩。你一面挑着担子前进，用右手按着扁担，又用左手抄在背后拍着你背上的小孩，而且说道："莫要哭，莫要哭，姆妈就来了……"你的小孩在向你要妈妈，他的妈妈呢？在家里？你有家？家里什么情形？你当然很贫穷，很困苦？你这个做父亲的，我听你的声音就像一个母亲，我希望你走下桥头就到了家，到家里先暖一暖，再喝一点热汤。自然，家里有孩子的母亲……他已经走远了，他的高大的影子消逝在黑暗中，他的声音听不清了，孩子的哭声也听不清了，于是桥上只剩下了我自己。我一个人，而且我的心里空空的，我心里什么也没有，仿佛我并不存在，我也并无思索。风吹在我身上，像吹在旷野上，雨洒在我身上，像洒在一座空城上，连城墙下那小船上的灯火也不见了，舟中人也在风雨中睡下了。我慢慢地向后转，我不知怎么样走回来的，我终于回到了我的街巷。我的小巷子非常黑暗，又非常泥泞，然而我没有注意这些，我的低矮的门口有火把在迎我，惊讶吗？不，一点也不，那不是别人，那正是我的小孩和小孩的母亲。做母亲的手里拿着火把，又抱着小孩，火光映着小孩脸上的欢笑。孩子一见我就欢天喜地地说："我和妈妈来等你，接你，天黑，下大雨。"我真想抱抱这孩子，亲亲这孩子，亲亲她的小腮，然而我一身是水，我的脸上也是冰冷的，不过我的心里却渐渐地温暖了。我们在灯下有说有笑，有故事，有歌唱。小孩子总不能忘记姥姥，姥姥对她太好了，说几时打完了日本就回去找姥姥。姥姥曾教给她一个歌，可是她在姥姥那里却不敢唱，因为那里有日本，日本打小孩。现在找到爸爸了，这个歌也敢唱了，于是她反复地唱道：

"日本鬼，

喝凉粉，

打了罐，

赔了本。"

她唱一阵，又闹一阵，还不等给她解衣服，她已经困得动不得了。

一九四- 年九月二十二日，叙永

（选自春潮社1943年版《回声》）

到橘子林去

　　小孩子的记忆力真是特别好，尤其是关于她特别有兴趣的事情，她总会牢牢地记着，到了适当的机会她就会把过去的事来问你，提醒你，虽然你当时确是说过了，但是随便说说的，而且早已经忘怀了。

　　"爸爸，你领我去看橘子林吧，橘子熟了，满树上是金黄的橘子。"

　　今天，小岫忽然向我这样说。我稍稍迟疑了一会，还不等问她，她就又抢着说了：

　　"你看，今天是晴天，橘子一定都熟了，爸爸说过领我去看的。"

　　我这才想起来了，那是很多天以前的事情，我曾领她到西郊去。那里满坑满谷都是橘子，但那时橘子还是绿的，藏在绿叶中间，简直看不出来，因此我费了很多力气才能指点给她看，并说："你看，那不是一个，两个，嗬，多得很，圆圆的，还不熟，和叶子一样颜色，不容易看清呢。"她自然也看见了，但她并不觉得好玩，只是说："这些橘子几时才能熟呢？"于是我告诉她再过多少天就熟了，而且顺口编一个小故事，说一个小孩做一个梦，他在月光中出来玩耍，不知道橘子是橘子，却认为是一树树的星，一树树的灯了，他大胆地攀到树上摘下一个星来，或是摘下一盏灯来，嗬，奇怪呀，却是蜜甜蜜甜的，怪好吃。最后，我说："等着吧，等橘子熟了，等一个晴天的日子，我就领你来看看了。"这地方阴雨的日子真是太多，偶然有一次晴天，就令人觉得非常稀罕，简直觉得这一日不能随便放过，不能再像阴雨天那样子呆在屋子里发霉，我想小孩子对于这一点也该是敏感的，于是她就这样问我了。去吗，那当然是要去。并不是为了那一言的然诺，却是为了这一股子好兴致。不过我多少有点担心，我后悔当时不该为了故意使她喜欢而编造那么一个近于荒唐的故事，这类故事总是最容易费她那小脑筋的。我们曾有过不止一次的经验，譬如我有一次讲一个小燕的故事，我说那些小燕的母亲飞到郊外去觅食，不幸被一个牧羊的孩子一鞭打死了，几个小燕便在窠里吱吱地叫着，等母亲回来，但是母亲永不回来了，这故事的结果是把她惹哭了，而且哭得很伤心。当时她母亲不在家，母亲回来了，她就用力地抱着母亲的脖子大哭起来，夜里做梦还又因此哭了一次。这次当然并不会使她伤心，但扫兴总是难免的，也许那些橘子还不熟，也许熟了还没有变成金黄色，也许都是金黄的了，然而并不多，有的已被摘落了。而且，即使满树是金黄的果子，那还有什么了不起呢，那不是星，也不是灯，她也不能在梦里去摘它们。但无论如何，我们还是去了，而且她是跳着唱着地跟我一同去了。

我们走到大街上。今天，真是一切都明亮了起来，活跃了起来，一切都仿佛在一长串的噩梦中忽然睁开了大眼睛。石头道上的水洼子被阳光照着，像一面面的镜子，女人头上的金属饰物随着她们的脚步一明一灭，挑煤炭的出了满头大汗，脱了帽子，就冒出一大片蒸汽，而汗水被阳光照得一闪一闪的。天空自然是蓝的了，一个小孩子仰脸看天，也许是看一只鸽子，两行小牙齿放着白光，真是好看。小岫自然是更高兴的，别人的高兴就会使她高兴，别人的笑声就会引起她的笑声。可是她可并没有像我一样关心到这些街头的景象，她毫没有驻足而稍事徘徊的意思，她的小手一直拉着我向前走，她心里一定是只想着到橘子林去。

走出城，人家稀少了，景象也就更宽阔了，也听到好多地方的流水声了，看不到洗衣人，却听到洗衣人的杵击声。而那一片山，那红崖，那岩石的纹理，层层叠叠，甚至是方方正正的，仿佛是由人工所垒成。没有云，也没有雾，崖面上为太阳照出一种奇奇怪怪的颜色，真如一架金碧辉煌的屏风。还有瀑布，看起来像一丝丝银线一样在半山里飞溅，叫人感到多少清清冷冷的意思。道路两旁呢，大半是荒草埋荒冢，那些荒冢有些是塌陷了的，上次来看，就看见一些朽烂的棺木，混着泥土的枯骨，现在却都在水中了，水面上有些披满绿草的隆起，有些地方就只露着一片绿色的草叶尖端，尖端上的阳光照得特别闪眼。我看着眼前这些景物，虽然手里还握着一只温嫩的小胖手，我却几乎忘掉了我的小游伴。而她呢，她也并不扰乱我，她只是一跳一跳地走着，偶尔也发出几句莫名其妙的歌声。我想，她不会关心到眼前这些景物的，她心里大概只想着到橘子林去。

远远地看见一大片浓绿，我知道橘子林已经在望了，然而我们却忽然停了下来，不是我要停下来，而是她要停下来，眼前的一个故事把她吸引住了。

是在一堆破烂茅屋的前面，两个赶大车的人在给一匹马修理蹄子。

是赶大车的？一点也不错。我认识他们。并不是我同他们之中任何一个发生过任何关系，我只是认识他们是属于这一种职业的人，而且他们还都是北方人，都是我的乡亲。红褐色的脸膛上又加上天长日久的风尘，笃实的性子里又加上丰富的生活经验，或者只是说在大道上奔波的经验。他们终年奔波，从多雪的地带，到四季如春的地带。他们时常叫我感到那样子的可亲近，可信任。我有一个时候顺着一条公路从北方到南方来，我一路上都遇到他们。他们时常在极其荒落的地方住下来，在小城的外面，在小村的旁边，有时就在山旁，在中途。他们喜欢点一把篝火，也烤火取暖，也架锅煮饭。他们把多少辆大车凑拢起来，把马匹拴在中间，而他们自己就裹了老羊皮外套在车辕下面睡觉。这情形叫我想起古代战车的宿营，又叫我想起一个旧俄作家的一篇关于车夫的故事，如果能同他们睡在一起听听他们自己的故事该是很有趣的。我想他们现在该有些新鲜故事可讲了，因为他们走的这条大道是抗战以来才开辟的，他们把内地的货物运到边疆上出口，又把外边的货物运到内地，他们给抗战尽了不少的力量……"无论到什么地方都遇到你们啊，老乡！"我心里有这么一句话，我当然不曾出口，假如说出口来就算冒昧了吧。我们北方人是不喜欢随便同别人打招呼的，何况他们两个正在忙着，他们一心一意地对付那匹马。对付？怎么说是对付呢？马匹之于马夫：家里人，老朋友，旅伴，患难之交，那种感情我还不能完全把握得到，我不知道应当如何说出来。不过我知道"对付"两个字是不对的，不是"对付"，是抚慰，是恩爱，是商量它，体贴它。你看，那匹马老老实实地站着，不必拴，也不必笼，它的一对富有感情的眼睛几乎闭起来了，两个小巧的耳朵不是竖着，而是微微地向后抿着，它的鼻子里还发出一些快慰的喘息，因为它在它主人的手掌下确是感到了快慰的。那个人，它的主人之一，一手按在它的鼻梁上，是轻轻地按着，而不是紧紧地按着，而另一只手，就在梳理着它的鬃毛，正如一个母亲的手在抚弄着小儿女的柔发。不但如此，我想这个好牲口，它一定心里在想：我的大哥——应当怎样说呢？我不愿说"主人"两个字，因为一说到"主人"便想到"奴隶"。我们北方人在朋友中间总喜欢叫大哥，我想就让这个牲口也这样想吧——我的大哥在给我修理蹄子，我们走的路太远了，而且又多是山路，我的蹄子最容易坏，铁掌也很容易脱，慢慢地修吧，修好了，我们就上路，我也很怀念北方的风砂呢，我的蹄子不好，走不得路，你们哥儿俩也是麻烦，是不是？……慢慢地修，不错，他正在给你慢慢地修哩。他，那两人之中的另一个，他一点也不慌忙，他的性子在这长期的奔波中磨练得很柔了，可也很坚了。他搬起一个蹄子来，先上下四周抚弄一下，再前后左右仔细端详一番，然后就用了一把锐利的刀子在蹄子的周围修理着。不必惊讶，我想这把刀子他们也用以切肉切菜切果子的，有时还要割裂皮套或麻绳的，他们就是这样子的。他用刀子削一阵，又在那蹄子中心剜钻一阵，把那蹄子中心所藏的砂石泥土以及畜粪之类的污垢给剔剥了出来。轻快呀，这真是轻快呀，我有那一匹马用了新修的蹄子跑在平坦的马路上的感觉，我为那一匹牲口预感到一种飞扬的快乐……我这样想着，看着，看着，又想着，却不过只是顷刻之间的事情，猛一惊醒，才知道小岫的手掌早已从我的掌握中脱开了，我低头一看，却正看见她把她的小手掌偷偷地抬起来注视了一下，我说她是偷偷地，一点也不错，因为她一发觉我也在看她的手时，她赶快把手放下了。这一来却更惹起了我的注意，我不惊动她，我当然还是在看着那个人给马修蹄子。可是我却不时用眼角窥视一下她的举动。果然，我又看见了，她是在看她自己的小指甲，而且我也看见，她的小指甲是相当长的，而且也颇污秽了，每一个小指甲里都藏一点黑色的东西。

我不愿再提起到橘子林去的事，我知道小岫对眼前这件事看得入神了，我不愿用任何言语扰乱她，我看她将要看到什么时候为止。

赶马车的人把那一只马蹄子修好了，然后又丁丁地钉着铁掌。钉完了铁掌，便把马蹄子放下了。显然，这已是最后一个蹄子了，假如这是第一个蹄子，我就担心小岫将一直看到四个蹄子都修完了才会走开。现在，那匹马把整个身子抖擞了一下，我说那简直就是说一声谢谢，或者是故意调皮一下。赶车的人用爱娇的眼色向四只马蹄端详了一会，而那一匹马呢，也低徊踌躇了一会，仿佛在试一试它的脚步，而且是试给两个赶车人看的。然后，人和马，不，是人跟着马，可不是马跟着人，更不是人牵着马，都悠悠然地走了，走到那破烂的茅屋里去了。那茅屋门口挂一个大木牌，上边写着拙劣的大字，"叙永骡车店"。有店就好了，我想，你们也可以少受一些风尘。

"回家！"小岫很坚决地说，而且已经在向后转了。

我没有说话，我也跟着向后转。

"回家告诉妈妈：马剪指甲，马不哭，马乖。"她拉着我向回路走。

我心里笑了，我还是没有说什么，我只是跟着她向回路走。

"我的手指甲也长了，回家叫妈妈剪指甲，我不哭，我也乖。"她这么说着，又自己看一看自己的小手。

"对，回家剪指甲，你真乖，你比马还乖。"这次我是不能不说话了，我被她拉着，用相当急促的脚步走着。

"马穿铁鞋，铁鞋钉铁钉，丁当丁当，马不痛。"

"是啊，你有皮鞋，你的皮鞋上也钉铁钉，对不对？"

这时候，太阳已经向西天降落了，红崖的颜色更浓重了些，地上的影子也都扩大了，人们脸上带一点懒散的表情，一天的兴奋过去了，一天的工作完成了，有一些疲乏，可也有一些快乐。许多乡下人陆陆续续地离开城市，手里提着的，携着的，也有只是挑着空担子的，推着空车子的，兜肚里却该是充实的，脸上也有的泛着红光。我们迎着这些下乡去的人们向城里走着，我们都沉默着，小岫不说话，我也不说话，我也不知道她心里在想什么，我也不清楚我所想的是什么。"为什么不再到橘子林去了呢？"我心里有这么一个问题，可是我并不曾说出来，我知道这是不应当再说的。"我不再去看橘子了。"她心里也许有这么一句话，也许并没有，她不说，我也不知道。一口气到了家，刚进大门，小岫就大声地喊了：

"妈妈，我要剪子。"

做母亲的听见了，就急忙从厨房里走出来，两手面粉，笑着一个极自然的微笑，问道：

　　"回来了，乖，可看见橘子？橘子可都熟了？"

　　"不，妈妈，你给我找剪子来！"

　　小岫不理妈妈的问话，只拉着妈妈去找剪子。

一九四一年九月二十三日，昆明

（选自春潮社1943年版《回声》）

一个画家

　　他出生于鲁南山村中的农家。我们可以说，他的幼年时代就是一个小农人，而现在，现在他已是中年时期的人了，我们若说他依然保持着那份可爱的农民气质，也该是很恰当的吧。他不但自幼就生活在农村的自然风物中，而且亲自看见过并参加过那种艰难困苦的农家生活。他知道，山地的石头是坚硬的，山里的道路是崎岖的，然而那些细弱的山泉要把那坚硬的石头刷得极其光滑，又在山里冲击成永远流不竭的河道，而那些农民的脚板，也由于永不停息地踏来踏去，也把石头磨出光亮，把山地的道路踏得平滑了。同样的，是他所熟悉的农家生活，他们，农家，是必须终年累月，用忍耐，用恒心，来对付那一份逃脱不开的艰辛的日子。固然，先天的原因也很重要，而这些后天的生活环境，对于造成他的艰苦卓绝的精神一点上，当然有着更大的影响，读者之中有谁是认识这位画家的吗？那么就请你再认识他一番吧：个儿是矮矮的，脸庞是瘦瘦的而又黑黑的，头发是短短的，而一双手却是挺拔而有力的，仿佛是时时刻刻在想抓碎什么东西似的，——那就正如一个农民的手，要紧紧地握住锄把或犁柄，而现在，他却要把那一双手去紧握住画家的工具，一支笔，——而他的衣服，他喜欢穿什么衣服呢？就如现在，他也就只穿了一套草绿色的短服，那自然不像一个兵士，也不像一个艺术家，而只是一个农民，或者说，正如抗战期中的一个农民游击队。

在北方，尤其在山村中，一个农家子弟想顺利地受完高等教育是很不容易的。尤其是一个学画儿的人，就更其困难。"养鸟不如喂鸡，种花不如种菜。"农民是极端的实利主义者，那么，一个农家的青年，为什么不好好地读书预备振家耀祖，却要去努筋拔力地学着画画儿呢？然而我们这位农家之子，却就在这情形中，受尽了千辛万苦，居然也完成了他的高等艺术教育。他在北平那座古城里一连住了许多年，他住在一个偏僻的角落里，而且住在一间阴暗的小屋子里，自炊，自食，自缝，自洗，一个人在柴米针线的琐屑中却产生了他初期那些篇幅较大的辉煌作品。北平的飞砂是专打行人的眼睛的，冬天的风雪更时常专为了割裂行人的皮肤而降临，而这个学画的年轻人，就带着饭囊，带着水壶，带着零星的画具，自然，更重要的还是他的画架，那是一个颇高大的架子，他把它负在背上，就在那飞砂与风雪中奔来驰去。说来好笑，他这样子装束起来，到底像个干什么的呢？说他像个行脚僧是不对的，因为他没有那种悠闲的味儿，他是忙碌的，尤其在大风雪中。说他像一个辛苦的负贩倒还更好些吧？他这样走遍了北平城郊的许多名胜古迹，在各个有名的建筑物旁边逡巡徘徊，在每个有历史意义的景物前面流连终日。于是，他为那座故都留下了永不磨灭的影子。然而，现在我们提到了这些，又该是有着什么样的感怀呢？借问我们的画家，你当年那些作品可还存在吗？什么时候我们才能光复我们的故都呢？什么时候我们才能再回去呢？这几年来我们流转过了这么些地方，却还是怀

念着那个旧游之地，这是什么道理呢？说起来，倒很想再看看你
那些作品了。尤其是使我不能忘怀的，是我们的长城。我是说在
你画家笔下的那幅长城，那是以塞外的风雪作为背景的，那也是
你在大风雪中作成的，那种深厚雄浑的氛围，是最能代表你的作
风的了，或者甚至可以说，那是最能代表我们这民族特色的了，
不单在艺术方面，而且在整个的生活方面。假如我们还能看见那
些作品，我们就要向我们那已经被人掠取了去的东西重致慰语，
而那些，我们也许已经不再说它们是"作品"，不只是一幅幅的
画儿，因为那些都是"比真实更真实"的东西！

　　我们这位画家有一种很别致的脾气，就是他最爱在风吹雨打
之中出去工作。他正如风雨将至时的紫燕一样，紫燕为了欢迎一
场大风雨要钻到高空去飞扬；他又如风雨正急时的青蛙一样，青
蛙为了庆祝这一场风雨就在水面上鼓噪起来；其实他更像风雨来
临时急于收获稼禾的农民一样，每当风雨欲来的时候，而画家的
兴致也就来了，仿佛有风雨在他胸中一般，鼓舞他，催促他，于
是他出发了，他要在风雨中去收获他的"作品"。他依然是背负
着那个大画架，不过又添了雨具，伞，或大斗笠。于是他在风雨
中工作，工作，工作得特别敏速，而且也特别满意。而他的作品
中也就充满着风雨，油然沛然，萧萧骚骚，深厚，浓重，寓生动
于凝定之中，而这，这也就是这位画家的风格之所在了。于此，
让我回忆起那座"潇洒似江南"的济南城来吧，济南是我们的故
乡，我们的画家是从离开北平以后就一直住在这里的，一直住到
敌寇压境才开始了流亡。现在，我们的故乡正在屈辱与战斗中。
黄河天堑，那里的黄河怎样了呢？湖山如画，现在的明湖与佛山

是什么颜色？"齐鲁青未了"，乘津浦南下的泰山可还无恙？还有坐胶济车东去的崂山，还有我们的工业区博山……这些地方，都是我们的画家曾一再流连忘返的地方，而且，都曾经在风雨中给那些地方留了一些影子，可惜，这些作品也都随着济南的失陷而不敢断定其或存或亡了。其中，我个人印象最深的是"大风中的黄河"与"秋雨中的明湖"，充满在画幅中的那种苍苍茫茫的空气，想起来真令人无限惆怅。

脱离了学生生活，在济南从事于艺术工作的这位画家，物质生活自然是比较优裕得多多了，然而他的艰苦卓绝的精神，却还是依然如故。他住的屋子里的陈设非常简单，简直可以说是非常简陋，他自奉非常俭朴，工作非常勤苦。他确实在努力积钱，像吝啬的老农民那样积钱。然而他这样吝啬却是为了一次豪华，因为一到假期，他便又背起画架到各处旅行去了，他一去几个月，他把钱都花光了，而换回来的却是满箱满篓的作品。此外，他工作之余，又从事于种种艺术活动，譬如组织学会，出版画刊。由于朋友的督促，他还开过几次个人画展，于是他一切都自己去办，他自己抱着广告，自己提着浆糊，自己拿着浆糊刷子，到通衢，到街巷，他自己去贴他自己的画展广告。他又计划在明湖边上建一座壮丽的美术馆，他把自己历年的积蓄都花上了，把整个的精力也都花上了。为了这计划之易于实现，他不得不把那张黝黑的瘦脸在人家面前陪陪苦笑，不得不用自己讷讷的言辞去求得人家半句允诺。这正如一个农民，由于自己辛苦的结果想置一点新的产业，却不得不请邻里乡党们吃自己几次酒筵。在这些场合，他一定显得很拙，很苦，而这些，也许曾经引起有些人们的误会，说这样子简直就不像个"艺术家"了。然而经年的辛苦，一座美术馆就在湖边上站立起来了。那么我们就去看看吧，你从他自己的住室走到美术馆就如从一间茅屋走入了一座宫殿，那里应有尽有，不但那些从各处征集来的作品令人目夺神摇，就是那些设备也都极其讲究，这也正如本来是饭蔬食饮水的农家，一旦客至，则杀鸡为黍而食之了。然而那些设备，也正如画家自己的作风一样，是粗重的线条，浓浑的色调，而绝不是小巧玲珑花花草草的设计。"要坚固，要持久，要大方，要好看。"他常常指着那些陈设如此说，而他又最得意于那些大窗子上悬挂着的毛织窗幔，那是深紫色的，紫色之中又带有墨绿色的，"必须这样才行，必须这样才衬得起窗外的湖光山色，我这里的颜色总要比外边重一点……"他这样说。继美术馆之后而在他计划之中的，是艺术学校，他想延揽一些前辈艺术家，教育一般青年之有志于艺术者，他常说："艺术是要紧的，人生怎么能没有艺术呢？任何人都应当有点艺术趣味才好，庄稼人怎能不在墙上贴几张年画呢，篱笆墙上又怎能不叫它爬一架牵牛花呢？"他又想在儿童中间普遍地鼓动起一种爱好艺术的空气，"小孩子都是爱画的，像喜欢吃糖一样，"他这么说。他希望在他的美术馆中时常有儿童的图画展览。……一切都在计划中。然而敌人向我们进攻来了，德州失守了，接着济南也危险了，于是我们不得不离开了济南，我们的画家也就不得不抛弃了他一手造成的事业，以及他满肚子的计划。现在，那座美术馆怎样了呢？每天晚间，倚在美术馆的楼栏杆上望济南城墙马路上一圈灯火，只隐隐映出远山近水，葱葱茏茏的树木，却不见市廛……现在站在那楼上的却不知是什么人了!

流亡以来，辗转半年有余，而得暂时驻足于汉江左岸一个荒僻的县城中，在这里，我们的画家又拾起了他的画笔。半年以后，又溯江而上，过汉中，爬巴山，走栈道而至大后方。在这两千里路的艰险道路中，我们的画家又作了很多作品，而这一段生活，以及这一路的山川景物所给与画家的影响就更大。"我从前画过的地方都被敌人占了，我希望……"你希望什么呢？你希望你的画面上能留得住我们的江山吗？我们只看见你的黝黑瘦削的农人脸面上罩一层风尘，一层苦笑。以后，他又跑了很多地方，他去灌县，去嘉定，去峨眉，回头又去江油，去剑门……这一来画风大变了，自然景物不同了，你人也不同了，你的心思也不同了。可惜在流亡期中，受到种种限制，如纸张，颜料，画具等等的缺乏，使画家的工作不能十分如意。一双草鞋，你还要穿它个七烂八烂才肯丢掉，比较从前的假期旅行，那自己是不行了。"好汉子也得有一张锄！"对，画家怎能没有一支笔。顺便说一句，他对于指画或舌画之类非常瞧不起。

最近，听说我们这位画家变得更厉害了，从前是只画自然界的景物的，现在却喜欢画"人"了，喜欢以社会生活作为对象了。这当然很好，我记得那个从下层社会中站起来的大作家曾经对诗人说过："把对于生活的趣味扩大起来好了，忘记了在风景画之外还有风俗画，那是不行的。"我愿意把这句话转赠我们的画家。何况我们的画家，你，你不是喜欢在风雨中工作吗？那么，恐怕再没有比这时代的风雨更大的了，这实在是一个暴风雨的时代，我想你不但要在这暴风雨中工作，还应当为了这暴风雨而工作，为这时代留一些痕迹，为这时代尽一些力。不错，你曾经画下了我们的山河，却保不住我们的山河，山河将何以自保，除非有"人"？没有"人"是不行的，自然界没有人也是不行的，是不是？何况国家？这时候，再没有比"人"更重要的了，再没有比"人的力量"更重要的了，艺术家应当爱"人"胜于爱"自然"，对不对？

（选自春潮社1943年版《回声》）